왜가리 클럽

왜가리 클럽

내러티브온 1 소설

이유리
오정연
임선우
김해슬

윤치규
배예람
서이제
이미상

안온

차례

왜가리 클럽

이유리

'양미네 반찬'은 지난달 10일에 망했다. 물론 망함의 기준을 어디에 두느냐에 따라 정확한 날짜는 달라질 수 있다. 손님이 줄어들기 시작한 시점 혹은 지출이 수입을 넘어선 시점, 그러니까 슬슬 망함의 기운을 느끼기 시작한 것은 사실 한참 더 오래전의 일이긴 했으니까. 그러나 지난달 10일에 폐업신고를 했으므로 공식적으로 망한 날은 아무튼 10일. 나 양양미는 일기를 쓰는 사람이라 그야말로 기쁠 때나 슬플 때나 그날의 구구절절을 일기장에 상세히 적곤 하는데 이날의 일기를 보면 단 한 줄, 게다가 하필 펜이 그것밖에 없었는지 섬뜩한 빨간색으로 이렇게 쓰여 있다. '폐업신고: 관악구청 홈페이지.' 일기가 아니라 메모에 가깝긴 하지만 일기란 원래 그날의 일을 기록하려고 쓰는 것이고 이 한 문장보다 이날을 잘 기록할 수 있는 문장은 아무리 생각해도 없었으므로 이건 일기라고 보아도 무방하다 생각해 그냥 적었다. 적어두고 나서는 적어둔 그대로 관악구청 홈페이지에 접속해 폐업신고를 했고 그러고 나서는 이제 무얼 해야 하나. 해야 할 일도 하고 싶은 일도 특별히 없었다. 아무렴 가게가 망한 것이지 양양미의 인생이 망한 것은 아니지마는 가게를 폐업하며 인생도 폐업해버린 사람처럼 모든 일에 딱 흥미를 잃고 만 것이다. 하지만 그렇다고 해서 아무것도 하지 않고 시간을 보내자니 통째로 남은 하루가 너무나 기나길었고 그래서 무얼 했느냐면, 걸었다. 꼭 원래부터 가게가 망하면 그러려고 마음먹고 있던 사람처럼, 아니 차라리 걷기 위해 일부러 가게를 망해버린 사람처럼 아침부터 저녁까지 무작스럽고 지독하게.

처음에는 그냥 온종일 거리를 헤매 다녔다. 집에서 20분 정도 걸으면 신림역 사거리가 있었고 쇼핑몰이며 중고서점, 카페들이 모여 있어 볼거리가 많았으므로 주로 거기에 갔다. 가게 말아먹은 주제에 허튼 데 돈을 쓰기 무엇해 아무것도 사거나 먹지는 않았다. 그저 볼 수 있는 것은 보았고 집을 수 있는 것은 들었다 놓아도 보며 구경했을 뿐이었다. 서서 책을 뒤적이거나 영화관을 스윽 돌며 요샌 무슨 영화가 좋은가 살피기도 했다. 그러나 사람이 북적이는 곳은 아무래도 오래 머무르면 피곤해졌고 사지도 못하는 물건 구경에도 곧 진력이 나고 말았다. 게다가 번화가라 그런지 새로 들어오는 가게며 문을 닫는 가게가 드물지 않았는데, 그런 것을 보면 마음이 찌르르해진 나머지 내 가게도 아닌 그 앞에 한참을 멍하니 서 있다 돌아오곤 했고 그게 반복되자 나중에는 아예 가게라면 종류를 막론하고 들어가는 건 물론 앞을 지나는 것조차 슬퍼지는 지경에 이르고 말았다.

그러므로 결국에 향한 곳은 바로 그 아래 있는 도림천이었다. 도림천은 폭이 좁고 수심도 얕아 썩 볼품 있는 개천은 아니었지만 가운데 천을 중심으로 한쪽에는 우레탄 포장이 된 산책로가, 다른 쪽에는 자전거도로가 길게 놓여 있었고 양쪽 모두 꼭 영원히 걸을 수 있을 것처럼 길고 길었다. 잘 닦아놓은 길을 따라 두 다리만 움직이면 되었으므로 방향을 생각하지도 목적지를 정하지도 않은 채로 그저 흐느적흐느적, 태엽을 감아놓은 양철 로봇처럼 나는 걸었다. 초여름이라 덥지는 않았지만 걷다 보면 몸이 땀에 푹 절어 어느새 신도림역이니 안양천이니 하는 곳을 지나고 있었고 간간이 한강까지 몇 킬로미터 남았다고 적힌 표지판이 있어 이리로 쭉 가면 한강까지도

가는구나, 멍하니 짐작하기도 했다. 마음만 먹으면 가볼 수도 있겠으나 한 번도 가본 적은 없었다. 한강이란 왠지 놀러 가는 곳, 대단히 즐겁고 밝은 곳으로 생각되었고 지금의 내게는 아무래도 갈 수 없는 장소처럼 느껴졌으니까. 한강이 가까워지는 것 같다는 느낌이 들면 슬그머니 돌아서서 온 방향을 되짚어 걷곤 했고 걸으면서도 걷는다는 자각은 하지 않았다.

그렇게 걸으면서는 당연히, 망한 것들에 대해 생각했다.

개업 초반에는 수입이 꽤 나쁘지 않았다. 가게는 대학동 녹두거리 위쪽, 원룸 건물이 다닥다닥 붙은 골목 안에 있었다. 저렴한 임대료도 매력적이었지만 그보다는 젊은 1인 가구가 많은 곳이라 눈여긴 자리였고 기대는 빗나가지 않았다. 낮에는 주로 학생들이 들러 스팸구이나 제육볶음, 동그랑땡 따위를 한두 팩씩 집어 갔고 저녁에는 퇴근한 직장인들이 맥주에 곁들일 꼬막무침이나 김치전을 사갔으니까. 인기 있는 반찬은 문을 닫기도 전에 다 팔린 적도 많았다. 반찬을 한 팩 살 때마다 조그만 명함 크기의 종이에 도장을 하나씩 찍어주었는데, 열 개를 모으면 반찬을 한 팩 골라갈 수 있는 그 도장을 사흘 만에 다 모아온 손님도 있었다. 어때요, 맛이 괜찮나요? 먹을 만해요? 나는 일면식이 있다 싶은 손님에게는 무조건 그렇게 물었고 뭐 당연하겠지만 대부분이 맛있다고 대답했으므로 안심했다. 안심하고 하루 종일 신나게 일했다. 시금치를 손질하고 진미채를 데치고 대파를 다듬으면서, 음식 냄새를 맡고 끓는 김을 쐬면서 역한 줄도 몰랐다. 그렇게 만든 반찬을 일회용 포장 용기에 예쁘게 담아 착착 쌓아놓고 나면 꼭 금괴를 쌓아놓은 것처럼 온몸이 다 뿌듯했다.

뭔가 이상하다고 느낀 건 개업한 지 반년 정도 지났을 때였다. 가게를 닫고 나면 팔다 남은 반찬을 집으로 가져가 혼자 늦은 저녁을 먹곤 했는데, 어느 날부터인가 퇴근하는 내 손에 평소에 먹을 수 없던 반찬들이 종종 들려 있기 시작했다. 만드는 대로 팔려나가 남은 적이 없던 제육볶음, 계란말이, 돼지고기김치찌개 같은 것들이. 처음에는 그러려니 했지만 그게 일주일이 넘고 열흘이 지나자 둔한 내게도 슬슬 뭔가 이상하다는 느낌이 왔다. 집에 혼자 앉아 모래를 씹는 기분으로 그것들을 씹던 어느 저녁, 결국 식탁 의자를 걷어차고 일어났다. 그동안 가게 일이 바쁘다는 핑계로 제대로 정리한 적 없던 장부며 영수증들을 두서없이 긁어모아 결산을 해보았다. 확실히 눈에 띄게 줄어들고 있었다, 수입이.

그때부터는 걷잡을 수가 없었다. 아무리 맛있는 반찬을 만들고 참기름 냄새를 풍겨도 손님은 오지 않았다. 특별 메뉴를 적은 입간판을 골목에 세우고 반찬 두 팩을 사면 한 팩을 더 주는 등의 이벤트를 하기도 했지만 소용없었다. 아르바이트생을 구해 일당을 주어가며 전단지를 돌려보기도, 밤을 새워가며 지역 커뮤니티에 광고글을 올려보기도 했다. 모든 것이 허사였다.

저녁 시간 직전에야 조금 손님이 들었으나 그마저도 곧 끊기게 되었다. 나는 포스기 너머에 멀뚱히 앉아 빈 가게를 지켰다. 냉장 쇼케이스에서 식어가는 반찬들과 함께 내 몸도 천천히 체온을 잃는 것 같았다. 그렇게 오지 않는 손님을 기다리며 차가워지고 차가워지다 윤기도 잃고 숨도 다 죽어갈 무렵쯤에는 배신감마저 들었다. 마치 이 동네 사람들이 어딘가에 모여 약속이라도 한 것을, 그 집은 다신 가지 말자고 작당한 것을 나만 몰랐던 것처럼 속이 상하고 분통이 터진 거였다. 남은 반찬을 입에 욱여넣으며 이렇게 맛있는데 왜! 하고 혼자 울분에 차서 외친 적도 있었다. 그 상태로 또다시 몇 달이 흘렀다. 손님이 없다고 해서 가게 임대료를 안 낼 수도 없고 그대로 상해버린 반찬을 채워넣지 않을 수도 없었으므로 생돈을 부어가며 꾸역꾸역 버티고 있던 거였다.

그러던 어느 날이었다. 오전 시간을 내내 혼자 공치다 오후에 손님 하나가 들어, 멍하니 앉아 그 손님이 쇼케이스를 열었다 닫았다 하며 반찬을 고르는 걸 지켜보고 있던 참이었다. 나도 모르게 갑자기 손님에게 말을 걸었다.

"반찬이 안 팔리는 이유가 뭐라고 생각하세요?"

그러자 그 손님은 귀에 꽂았던 이어폰을 빼고 돌아보며 네? 하고 되물었다. 거기서부터 이미 쓸데없는 소리를 했다고 후회하고 있었으나 이왕 말을 꺼낸 것, 했던 질문을 반복해 들려주었다. 그랬더니 손님은 인상을 찌푸리고 음, 음 하며 고민하다가 이렇게 대답했다.

"글쎄요 아무래도, 반찬보다 맛있는 게 많으니까."

그러고는 아, 그렇다고 이 집 반찬이 맛이 없다는 건 아니구요, 하고 덧붙이더니 오래 골라 집어 들었던 고사리무침과 애호박전을 그대로 내려놓고는 나가버렸다. 하긴 나 같아도 가게 주인에게 이런 질문을 들었다면 거기서 뭘 사고 싶지는 않겠지, 생각했지만 그것 또한 씁쓸해서 그날은 문을 일찍 닫았다. 쇼케이스 안에 반찬들을 그대로 놓아두고 집에 돌아와서 평소에는 켜지도 않던 텔레비전 앞에 멍하니 앉아 있다 그제서야 처음으로 자각했다. 이러다가 망할 수도 있겠다는 것을.

하지만 자각했을 뿐, 그것이 실제로 일어날 수 있는 일이라고는 실감하지 못했다. 그로부터 몇 달을 더 버티며 돈과 정신력을 착실히 까먹다 결국 문을 닫기로 결정했을 때에야, 가게를 내놓고 집기들을 중고 매입 업자에게 한꺼번에 넘기고 나서도 망했다는 실감은 나지 않았다. 그다음 날 눈을 떴으나 더 이상 가서 앉아 있어야 할 곳이 없다는 것을 깨달은 뒤 오랫동안 베개에 얼굴을 비비며 누워 있던 그 순간조차.

바로 그런 점이 내가 망한 이유라고 나는 도림천을 걸으며 생각했다. 현실 감각이 전혀 없다는 점, 모든 것이 잘될 거라고 근거 없이 그저 낙관만 하는 그런 점 말이다.

물론 이유는 그것뿐만이 아니었다. 망한 이유에 대해 생각하니 모든 것이 다 망하기에 타당하고도 모자람 없는 이유처럼 느껴졌다. 그 손님 말마따나 세상에 그렇게나 맛있는 게 많은데 하필 반찬을 팔았던 것, 건강한 맛을 추구한답시고 화학조미료를 넣지 않았던 것, 가격에 망설이다 결국 마을버스 옆면 광고를 하지 않았던 것도. 나는 마음속에 펼친 공책에 그런 이유들을 떠오를 때마다 적어 넣었고 집에 돌아와서는 그 한 줄 한 줄을 곱씹고 곱씹으며 나를 원망했다. 그렇게 매일 몇 킬로미터씩을 걷다가, 어느 날부터인가는 걷지도 않게 되었다.

아침에 눈을 뜨면 관성적으로 옷을 주워 입고 도림천으로 내려가긴 했으나 조금 걷다가 말고 산책로 중간중간에 놓인 벤치나 바위 위에 걸터앉아 멍하니 허공을 바라보며 한나절을 보내고 돌아오곤 했던 것이다.

그러던 어느 날이었다. 그날도 벤치에 앉아 개천을 바라보는데 누군가 내 옆에 와서 앉았다. 나는 나대로 미워하고 원망하는 생각에 빠져 있었으므로 앉거나 말거나 신경도 쓰지 않고 있었는데 옆자리 사람도 나와 같은 자세로 앉아 휴대폰도 책도 없이 그저 앞을 똑바로 응시하고 한참을 있었다. 그러더니 갑자기 말을 거는 것이었다.

"자주 나오시네요."

화들짝 놀라 쳐다보니 옆에 내 또래로 보이는 여자가 앉아 있었다. 나는 떨떠름한 마음으로 여자의 행색을 살폈다. 말마따나 이곳에 자주 나오긴 했으나 눈에 익은 사람은 아니었다. 애초에 지나다니는 사람을 일일이 쳐다볼 만큼 여유로운 마음도 아니었지만. 여하튼 모르는 사람에게 웃으면서 말을 거는 사람에게는 분명 수상한 목적이 있을 것이라 짐작했으므로 대답은커녕 얼른 시선을 돌려버렸는데, 여자 역시 별로 대답을 기대하지는 않았다는 듯한 태도로 그저 어딘가를 흥미롭게 바라볼 뿐이었다. 뭘 보는 것인가 싶어 시선을 따라가니 개천 가장자리 물풀과 죽은 갈대가 우거진 곳에 커다란 왜가리 한 마리가 서 있었다.

"잘 봐요, 곧 성공할 것 같으니까."

여자가 왜가리에서 눈을 떼지 않은 채로 말했다. 뭘 성공한다는 건가 싶어 얼떨결에 나도 그 왜가리를 빤히 쳐다보았는데, 그러고 보니 도림천에도 저런 큰 새가 있었나, 의아해하던 바로 그 순간이었다. 왜가리가 별안간 기다란 부리를 물에 내리꽂았다. 다음 순간 여자와 나는 동시에 아! 하고 탄성을 질렀다. 고개를 쳐든 왜가리의 부리 끄트머리에, 신기하게도 펄떡이는 은빛 송사리 한 마리가 물려 있었다. 왜가리는 머리를 요령 좋게 움직여 물고기를 꼴깍 집어삼키고는 곧 아무 일도 없었던 것처럼 기우뚱기우뚱 몇 걸음을 걸어갔다.

"와, 진짜 잘 잡네."

나도 모르게 양손을 부여잡고 그렇게 말하니 여자가 방긋 웃었다.

"그렇죠? 보고 있으면 정말 재밌어요."

재미있을 것까진 없고 그냥 좀 신기했을 뿐이었는데. 여자의 페이스에 말려든 것 같아 퍼뜩 정신을 차리고 표정을 가다

듦었다. 가게가 망한 날부터 이때까지 내내 얼굴 대신 금이 간 돌멩이 같은 걸 달고 다녔던 터라 무표정한 얼굴로 되돌아가는 일은 아주 쉬운 일이었는데 다시 돌멩이가 되고 나니 바로 그 직전에 내 입꼬리가, 조금 올라가 있었다는 사실을 깨닫게 되었다. 웃을 일이 뭐 있다고 웃었나, 새가 물고기 잡아먹는 게 웃을 일인가. 양양미 참 배알도 없지, 가게 말아먹고도 웃고 앉았네, 속으로 읊조리는데 여자가 내 속내를 다 읽었다는 듯 의기양양한 말투로 말했다.

"그 봐요, 웃으니까 또 웃어지죠?"

나는 어이가 없어 여자를 빤히 바라보았다. 나에 대해 뭘 안다고 그러냐고 쏘아붙이는 말이 혀끝까지 올라왔으나 말을 섞기보단 그냥 자리를 피하는 게 낫겠다 싶어 그만 입을 꼭 닫았다. 엉거주춤 일어서려는데 여자가 나를 올려다보며 말했다.

"혹시 왜가리 보는 거, 관심 있어요?"

이건 또 무슨 소릴까, 도저히 못 참겠다 싶어 발끈하며 고개를 돌렸을 때였다. 여자가 쉿, 검지손가락을 입술 위에 올리며 턱짓으로 왜가리를 가리키기에 나도 모르게 그쪽을 쳐다본 그 순간, 왜가리가 또 한번 부리로 물을 내리찍었다. 군더더기 하나 없이 날렵한 동작이었다. 곧이어 어김없이 잡혀 올라온

통통한 송사리가 왜가리 목구멍 속으로 쏘옥, 빨려드는 걸 지켜보다 나는 나도 모르게 혼잣말로 장관은 장관이네, 중얼거리고 말았고 그러자 여자는 그것 보라는 듯한 얼굴로 나를 쳐다보았다.

벤치에 도로 주저앉은 나는 여자의 이름이 김하영이며 격주 주말마다 도림천에 나와 왜가리를 본다는 것, 게다가 거기에는 김하영 말고도 두 명의 여자가 더 매번 참석하여 나름 본격적인 모임의 꼴을 갖추고 있다는 사실까지 알게 되었다. 이런 얼토당토않은 짓을 꽤나 열심으로 하는구나 싶기도 했고 이 여자가 나를 그 모임의 일원으로 끌어들이려 한다 생각하니 우습기도 했다. 여하튼 이제 와서 발을 빼기도 무엇하게 되었으므로 나는 김하영이 내민 휴대폰에 얌전히 내 번호를 찍어 되돌려주었으나, 이게 잘하는 짓인지 모르겠다는 의심이 여전히 있었음은 물론이었다.

"그런데 다른 분들도 제가 가입하는 걸 괜찮아하시려나 모르겠네요."

물론 정말로 그들의 의견이 궁금한 건 아니었다. 그냥 예의상 던진 말이었고 더 솔직히 말하자면 영 내키지 않는다는 말을 돌려 한 것이었는데 김하영은 손사래를 치며 자신만만하게 대꾸했다.

"아유, 걱정 마세요. 다들 좋다고, 꼭 잘 꼬셔보라고 했었거든요."

그러고는 덧붙였다.

"사실 요 며칠간 양미 씨를 봤어요. 일부러 보려고 한 건 아닌데 눈에 띄길래."

"저를요? 제가 눈에 띄나요?"

그러자 김하영이 무슨 소리냐는 듯 눈을 동그랗게 떴다.

"그럼요, 엄청 띄죠. 그렇게 자주 나오시면서 정말 주변은 전혀 안 보고 다니셨구나. 여기 봐요. 평일 이 시간에, 이렇게 햇빛 좋고 공기 좋은 델 걸어다니면서 그런 표정 한 사람이 양미 씨 말고 또 있나."

말문이 턱 막히고 말았다.

둘러보니 정말 김하영의 말대로였다. 막 시작된 여름의 뜨뜻한 공기 속에 하늘이며 나무며 어느 하나 푸르고 맑지 않은 것이 없었다. 산책로 옆 무성한 잔디 사이마다 민들레꽃이 누군가 흘리고 간 금화처럼 활짝 피어 점점이 이어졌고 개울 가장자리 늘어진 갯버들 아래로는 물이 돌돌 흐르며 사방으로 빛의 조각을 뿌려대고 있었다. 그리고 사람들, 그 아름다운 풍경 속을 걷는 사람들이 있었다. 개를 앞세우고 뛰어가는 사람, 연인과 이어폰을 한쪽씩 나눠 낀 사람, 조깅에 여념 없는 사람, 핫도그를 하나씩 들고 가는 사람, 모두 나이나 차림새는 달랐지만 얼굴은 똑같이 부드럽게 풀려 있었다. 그러니까 지금까지 이 예쁜 세상 속에서 나만 우중충했구나. 단박에 눈에 띌 정도로 나 혼자만 어둡고 파리했구나. 그걸 깨닫자 갑자기 마음 깊은 곳 어딘가가 무겁고 뭉툭한 것으로 꾸욱, 눌리는 것 같았다.

"괜찮아요, 괜찮아. 다 그럴 때가 있죠 뭐."

김하영이 태연하게 말했다. 그러더니 꼭 오래 알고 지낸 사이인 양 내 어깨를 툭툭 치는 것이었다. 나는 깜짝 놀라 몸을 움츠렸다.

"마침 이번 일요일이니까 생각 있으면 꼭 와요. 모임 장소랑 시간 문자로 보내 둘 테니."

그렇게 말하고 김하영은 훌쩍 일어섰다. 손차양을 하고는 아까 왜가리가 날아간 개천 상류 쪽을 바라보았다. 왜가리를 찾으러 가려는 모양이었다.

"그럼, 먼저 갈게요."

김하영이 휘적휘적, 상류 쪽으로 걸어갔다. 나는 좀 어안이

벙벙한 채 김하영의 뒷모습을 눈으로 좇았다. 키가 훌쩍 큰데다 다리는 보기 안쓰러울 만큼 바짝 마른 그 모습이 지금까지 구경했던 왜가리와도 좀 닮은 것 같았다. 사실 저거, 왜가리 아닐까? 나는 벤치에 앉은 채 잠깐 그런 어이없는 상상을 하다가 금세 그만두었다. 이렇게 현실 감각이 없으니 가게를 말아먹었지, 하는 낯익은 목소리가 바로 귓가에서 들리는 것처럼 생생했기 때문이었다.

그 주 일요일 오후 2시, 나는 운동화 코끝을 땅바닥에 문대며 구 신림극장 쪽 천변 입구에 서 있긴 했으나 그때까지도 이게 잘하는 짓인지 고민하고 있었으므로, 만일 김하영이 나를 먼저 알아보고 양미 씨! 하고 외치며 달려오지 않았다면 그냥 돌아갔을 것이 틀림없었다.

"안 올 줄 알았는데 진짜 왔네."

생글생글 웃는 김하영의 뒤로 여자 둘이 느릿느릿 걸어오는 것이 보였다. 한 명은 40대 초중반쯤 되어 보였고 다른 한 명은 대학생, 그것도 새내기를 갓 벗어난 듯 앳되어 보였다. 어린 쪽은 목에 두꺼운 가죽 띠를 걸고 있었는데 그 끝에는 손바닥만 한 디지털 카메라가 대롱대롱 매달려 있었다.

"뭐 자기소개는 이따가 하고, 먼저 왜가리부터 찾죠."

서로 어색하게 목례를 주고받고 나자 김하영이 씩씩하게 앞장섰다. 우리는 김하영의 뒤를 따라 도림천으로 통하는 산책로 입구를 걸어 내려갔다. 거의 매일을 출근 도장 찍듯이 온 곳이었지만 누군가와 함께 오는 것은 처음이었고, 더군다나 처음 보는 사람들과 왜가리를 보러 가고 있다는 사실이 아주 이상하게 느껴져 나는 다 아는 풍경을 새삼 두리번거리며 그들을 따라갔다. 앞장선 김하영은 마음속에 정해둔 목적지라도 있는 듯 거침없이 걸었고 두 여자는 묵묵히 그를 따라가고 있었다. 그런데 왜가리가 그렇게 흔한 새였나, 만약 못 찾으면 어떻게 하지. 10분을 넘게 걸어 슬슬 그런 걱정이 들 때쯤 김하영이 갑자기 우뚝 멈춰 섰다.

"여기쯤이 좋겠네요."

김하영이 개천을 가로지른 여울보 한쪽을 가리켰다. 거기엔 무슨 마술이라도 부린 양 왜가리 한 마리가 수면을 노리며 도사리고 있었다. 제일 뒤에서 따라오긴 했지만 나도 나름대로 눈을 크게 뜨고 개천을 샅샅이 뒤지며 걷고 있다고 생각했는데 거참 신기하네, 왜가리 찾는 센서라도 달렸나. 나는 깜짝 놀라 김하영을 바라보았으나 다른 두 여자는 이런 일쯤이야

익숙하다는 듯 무표정한 얼굴이었다. 나이 든 쪽은 산책로 가장자리에 놓인 커다란 돌멩이 위에 편한 자세로 앉았고 어린 쪽은 울타리에 팔꿈치를 올려놓고 카메라를 켰다. 한눈에 보기에도 그다지 고급 모델은 아닌 듯한 카메라였지만 여자는 아주 신중한 자세로 카메라를 오른쪽 눈에 갖다대고는 입술을 꾹 다물었다.

"양미 씨도 편하게 보세요."

짝다리를 짚고 서 있던 김하영이 권했다. 나는 그 자리에 어색하게 쪼그려 앉았다. 왜가리는 지난번 김하영과 보았던 녀석보다 훨씬 작았다. 새에 대해선 잘 모르지만 아마 성체가 된 지 얼마 안 된 녀석이 아닐까 싶었다. 제대로 사냥을 할 수 있을까.

왜가리는 물살을 거슬러 선 채로 제 발치만 노려보며 한참을 미동도 않고 있었다. 언뜻 보면 사냥을 한다기보다는 그냥 고개를 숙이고 쉬고 있는 듯 보이기도 했다. 그러나 가만히 지켜보니 금세 알 수 있었다 그게 아니라는 걸. 그저 한가로이 서 있는 것 같지만 사실 왜가리의 저 작은 몸 특히 그 눈과 부리에는 지금 엄청난 집중이 응축되어 있었다. 녀석은 무심한 자세로 살기를 감춘 채 그저 끈기 있게 기다리고 있는 거였다, 틀림

없는 성공으로 이어질 단 한 번의 시도를. 나는 경탄하는 마음으로 숨소리도 죽인 채 왜가리를 뚫어지게 바라보았다. 잠깐이라도 한눈을 팔면 안 될 것 같았다.

"오!"

아주 짧은 찰나였다. 왜가리가 목을 한껏 늘려 비스듬히 앞쪽으로 뻗었고, 동시에 옆에서 차르르르 하고 카메라 셔터 돌아가는 소리가 들렸다. 왜가리의 부리가 물에 잠깐 닿았다가 떨어졌다고 생각한 순간 그 끝에 무언가가 물려 있었다. 도림천에 저렇게 큰 고기가 살았었나 싶게 큼직하고 통통한 송사리였다. 송사리는 거세게 팔딱거렸지만 이내 별수 없이 꼴깍, 왜가리 부리 속으로 들어가고 말았다.

"멋지네 아주."

나이 든 여자가 작게 읊조렸다. 돌아보니 나이 든 여자가 미소를 지으며 내 쪽을 보고 있었다. 마치 사냥에 성공한 게 왜가리가 아니라 자기인 것처럼 뿌듯해하는 얼굴이었다. 모르긴 몰라도 나도 저런 표정을 짓고 있었을 것 같은데 별거 아니라면 아닌, 그저 새가 물고기를 잡는 모습일 뿐인데 신기하게도 그 모습에는 감동, 그래 감동이라고 불러도 손색없을 만한 감흥이 있었으니까. 게다가 그 감흥을 나만 느낀 게 아니라 여기

모인 네 여자가 동시에 느꼈다는 것, 이게 범상한 반응이고 적어도 이곳에서만큼은 보편적인 일이라는 것을 새삼 깨달았고 그 사실이 왠지 재미있고 편안하게 느껴졌다.

"아직 어린 새 같은데 잘 잡네요."

나도 모르게 소리를 낮추어 중얼거렸다.

"어리든 늙었든 왜가리는 다 잘 잡아요."

"어린 애들이 더 잘 잡는 것 같아. 이제 봐요 몇 마리 더 잡을걸."

김하영과 나이 든 여자가 번갈아 소곤소곤 대답했다. 뷰파인더에 얼굴을 들이대고 무언가를 부지런히 살피고 있던 어린 여자가 다시 카메라를 들어 오른눈에 갖다댔다. 카메라 옆으로 보이는 왼쪽 얼굴이 사뭇 진지했다.

그 뒤로 몇 시간 동안 우리는 사냥하는 왜가리를 구경했다. 왜가리라고 매번 물고기를 잡는 데 성공하는 것은 아니었고 다섯 번 중 한 번 정도는 빈 부리로 고개를 들곤 했는데, 물론 그럴 때도 왜가리의 얼굴에는 아무 표정이 없었으며 방금 성공했거나 실패했다는 사실 자체를 순식간에 잊어버린 듯 바로 다음번 사냥에 몰두했다. 우리는 왜가리가 성공하면 각자 낮은 소리로 감탄했고 실패하면 발을 동동 구르며 분해했다. 지나가는 사람들 몇몇이 이 여자들이 무얼 저리 보나 하며 우리 뒤에 섰다가 갔고 꼬맹이들이 와그르르 물장난 치는 서슬에 왜가리가 놀라 날아가기도 했다. 그러면 천천히 걸어 따라가거나 영 멀리 갔다 싶으면 하류 쪽으로 걸으며 다른 왜가리를 찾았다. 왜가리가 없으면 어떡하나 하고 나는 매번 걱정했으나 김하영은 왜가리 찾기에 천부적인 재능이 있었다. 앞서 휘적휘적 걷던 김하영이 물 가장자리에 도사린 왜가리를 찾아내 손가락으로 가리키면 우리는 그 앞에 다시 편한 대형으로 둘러앉거나 섰고 다시금 구경을 시작했다.

그러다 마침내 하늘 구석이 은은하게 어두워지기 시작할 즈음이었다. 어린 여자가 김하영 쪽으로 카메라를 흔들어 보였다. 배터리가 거의 다 된 것 같았다.

"오늘은 여기까지 보고, 새로 온 분도 있으니 좀 걷다가 헤어질까요."

김하영의 말에 우리는 엉덩이를 툭툭 털며 일어섰다. 각자 깔고 앉아 있던 자리의 둥글게 눌린 꽃잔디를 발로 문질러 다시 북돋아두는 것도 잊지 않았다. 그러고 나서 우리는 상류 쪽으로, 왔던 곳을 향해서 천천히 되걷기 시작했다.

구 신림극장 앞 마을버스 정류장까지 느릿느릿 걸으며, 나는 나이 든 여자의 이름이 심동미이고 어린 여자의 이름이 강희진이라는 것과 김하영까지 셋 다 미림여고 사거리 언덕 근방, 그러니까 우리 집 근처에 살고 있다는 것, 그리고 이들은 격주 일요일마다 이렇게 모여 왜가리를 구경한 지 벌써 반년이 넘어간다는 사실을 알게 되었다.

그런데 놀라운 일은 내가 나의 이름을 이야기했을 때 벌어졌다.

"저는 양양미라고 하고요, 저도 대학동 살아요."

그렇게 간단하게 자기소개를 마쳤는데 강희진이 문득 걷던 발걸음을 멈추더니, 나를 빤히 바라보곤 묻는 것이었다.

"혹시, 반찬가게 하시던 분 아니에요? 양미네 반찬."

"맞아요. 문 닫았지만요."

의외의 질문이라 좀 놀라며 대답했는데 옆에서 심동미도 한마디 거들었다.

"거기 나도 알아요, 우리 집 앞 골목이라."

"어어, 난 사 먹은 적도 있는데! 거기가 양미 씨 가게였어?"

김하영도 나섰다. 나는 아무 대답도 못 하고 세 여자의 얼굴만 번갈아 쳐다보았다. 아무래도 이 작은 동네에선 어디에 어느 가게가 생기고 망하는지 누구나 대강 알고 있는 게 당연하겠지만 그래도 '양미네 반찬'을 기억하는 사람이 나 말고도 또 있었다니, 게다가 한 명도 아니고 두 명도 아닌 세 명이나. 놀랍기도 하고 고맙기도 해서 그저 입만 벙긋거리는데 심동미가 아무렇지 않은 얼굴로 결정타를 날렸다.

"그 집 반찬, 다 맛있어서 좋아했는데. 우리 아저씨도 잘 먹었어."

다급하게 입술에 힘을 주어 딱 가로 붙인 덕분이었다, 길 한복판에서 오늘 처음 만난 이를 붙잡고 울음을 터뜨리지 않을 수 있었던 것은. 그래도 당장에 대답을 하자니 목 안쪽이 부어오른 듯 뜨끈하고 울컥해서 아무 말도 나오지 않아 나는 그저 심동미의 얼굴만 울먹울먹 쳐다보았다.

"어어, 왜 이래요. 왜 그래."

당황한 심동미가 한 발짝 다가오며 내 얼굴을 살폈으나 눈물을 눌러 참는 것 외에는 할 수 있는 것이 없었다. 길거리 한가운데에 못생긴 장승처럼 우뚝 버티고 선 채로 아래턱을 하염없이 하염없이 찌그러뜨리며 나는 머릿속으로 중얼거렸다. 제발 그만해, 창피하게 뭐하는 거야, 웃긴 거 그래 웃긴 걸 생각해. 하지만 전혀 웃기지 않은 삶을 너무 오래 살아온 탓일까 당연히 아무것도 떠오르지 않았고 핑그르르, 야속하게도 눈물이 고인 참이었다.

멀뚱하게 서 있던 강희진이 갑자기 어디론가 다급하게 뛰어가기 시작했다. 깜짝 놀라 어딜 가는 건가 뒷모습을 좇으니, 전속력으로 달린 강희진은 신림역 4번 출구 앞 롯데리아의 문을 기세 좋게 밀치고 들어가는 것이었다. 그러고는 문이 닫히기도 전에 다시 되돌아 뛰어나왔다. 사람들을 헤치고 달려오는 강희진의 손에 종이냅킨 몇 장이 쥐어져 있는 게 보였다.

달려온 강희진은 숨을 헉헉거리며 내게 그 냅킨을 건네주었다. 나는 그걸 얼른 반으로 접어 눈꼬리를 꾹 눌렀다. 냅킨에 햄버거 냄새가 배어 있었다. 고맙다고 말해야 한다는 생각이 들었지만 그 짭짤하고 고소한 냄새를 맡자 이상하게도 터지는 눈물을 멈출 수 없었고, 나는 세 여자에게 둘러싸인 채 기어이 좀 울고 말았다.

"열심히 해도 안 되는 일이 있지, 살다 보면 꼭 있어 그런 일이."

콧물을 훌쩍여가며 털어놓은 망한 가게 이야기를 끝까지 듣고 난 심동미의 대답이었다.

해가 완전히 저물어 어두워졌으나 낮 동안 데워진 미지근한 공기는 부드러웠고 이르게 켜진 가로등 아래에는 날벌레들이 폭죽처럼 튀고 있었다. 우리는 미림여고 사거리를 지나 쭉 걸어올라가면 나타나는 작은 어린이공원에 앉아 있었다. 딱히 여기를 마음에 두고 걸은 건 아니었으나 걷다 보니 이곳이었고 마침 우리 네 사람의 집과도 고루고루 가까워 이야기를 나누기에 마침맞은 장소이긴 했다. 벤치에 나란히 끼어 앉은 우리를 지나는 사람들이 힐끔거렸다. 하기사 울먹이며 게두덜거리는 다 큰 여자를, 마찬가지로 다 큰 세 여자가 심각한 얼굴로 에워싸고 있는 모습은 내가 생각해도 볼만한 광경인 것 같긴 했다.

옆에 앉아 있던 심동미가 몸을 일으키더니 그대로 몇 걸음 걸어 그네 앞으로 갔다. 그네를 타려는 건가 했는데 타지는 않고 그네 주변에 둘러놓은 은색 철봉이며 기둥을 무심한 얼굴로 한참을 들여다보았다. 손을 뻗어 소중한 것을 쓰다듬듯 만져 보기도 했다. 그러다가 덧붙였다.

"나는 애 키울 때가 그랬는데, 온 마음을 다 쏟아도 안 되는 일이 있기는 있더라구요."

"맞아요. 그런 거 다 있지. 나도 있어요."

김하영이 기다렸다는 듯 거들었다. 나는 아무 대꾸도 하지 못하고 고개를 푹 숙인 채 앉아 있었다. 처음에는 마치 속에서 뭔가 떠밀려 나오는 것처럼, 그야말로 구토하듯이 시작한 이야기였으나 이야기를 마치고 나서야 두서없이 지루한 신세한 탄을 늘어놓은 게 민망하다는 생각이 들었기 때문이었는데, 게다가 민망하기로 치면 길 한복판에 서서 통곡했던 것이 더했다 싶어 얼굴을 들 수가 없었다. 뒷모습을 보이고 선 심동미가 말을 이었다.

"나는 그럴 때 왜가리를 보게 됐는데, 그게 좀 도움이 된 것 같아요."

왜가리? 예상치 못한 화제에 얼굴을 들어 보니 심동미는 여전히 그네 기둥을 소중히 쓰다듬고 있었다.

"우리 중학생 막내가, 유별나게 속을 썩이는 앤데요. 왜가리를 보니까 참 쟤는 쟤네 부모가 어떻게 가르쳤길래 저렇게 고기를 똑 부러지게 잘 잡나 싶은 거예요. 첨에는 그렇게 부러워하면서 내내 봤는데 보다 보니 알겠더라구요. 가르쳐서 되는 게 있고 스스로 배워야 하는 게 있다는 걸."

"어, 맞아요. 나도 느낀 게 좀 있어요. 왜가리한테."

김하영이 벌떡 일어섰다. 그러더니 그 마르고 길쭉한 다리로 훌쩍훌쩍 몇 걸음을 걸어 심동미 옆으로 다가가 섰다. 마치

웅변이라도 하려는 듯한 모양새였다.

"일찍 결혼한 걸 후회한 적이 많았어요. 헤어질 타이밍이 여러 번 있었는데 놓쳐버리고 어영부영 결혼하게 된 거지. 근데 왜가리를 보면 그래요, 되게 타이밍을 잘 잡잖아? 여기서 좀 재미 봤다 싶으면 귀신같이 알고 다른 데로 날아가고. 여기는 이제 글렀다, 쟤들이 이 타이밍을 어떻게 잡는지가 난 너무 궁금했거든요. 근데 지금은 좀 알 것 같아요. 몇 번 실패하면 거기는 튼 거예요. 그럼 그걸 알았으면 날아가버리면 되거든. 거길 뜨면 되는 거야. 그게 참 뭐랄까, 인간보다 나은 것 같아요."

말을 마친 김하영이 크흠, 목을 가다듬으며 덧붙였다.

"이거 언제 꼭 한번 말하고 싶었던 건데, 양미 씨가 기회를 만들어주네."

무어라고 대답을 해야 할 타이밍이었다. 그러나 이상하게도 입이 떨어지지 않았다.

실은 내게도 있었다, 왜가리를 보고 생각했던 것이. 왜가리는 그 생김새도 미끈하니 좋고 물고기를 잡는 모습도 노련하여 멋있었으나 가장 기억에 남는 장면은 사냥에 실패했을 때였다. 오랫동안 도사리고 집중해 부리를 내리꽂았으나 아무것도 잡지 못하고 물방울만 사방에 튀기며 고개를 드는 왜가리.

분명 나였다면, 아니 사람이었다면 민망하여 헛기침이라도 한 번 하며 혹시 누가 이 창피한 꼴을 보지는 않았나 슬쩍 주변을 두리번거렸을 법한 보기 좋은 실패였다. 하지만 왜가리는 그러지 않았다. 정확히 말하자면 실패를 아무렇지 않게 여기는 것이 아니라, 성공과 실패를 같은 무게로 여기는 것에 가까웠다고나 할까. 그도 그럴 것이 고기를 잡았다고 해서 왜가리가 특별히 기뻐하는 것 같지는 않았으니까. 왜가리에게는 그저 매번 잘 노려서 잘 내리꽂는 것만이 중요했고 그 뒤의 일은 성공하든 실패하든 모두 같았다. 그것이 멋있었다고, 가슴이 뻐근하도록 부러웠다고 말하고 싶었다. 인간에게 가능한 일인지조차 알 수 없으나 그저 사는 동안 조금이라도 닮아보고 싶다고, 언젠가는 나도 그렇게 되고 싶다고. 하지만 아무리 말을 다듬고 매만져도 내가 지금 느끼는 감정을 제대로 표현할 수 없을 것 같았고 자칫하면 손발이 오그라들 만큼 창피한 말을 하게 될 것 같아 겁나기도 했다. 나는 물 밖에 끌려나온 붕어처럼 입술을 뻐끔거리다 고작 이런 말을 했다.

"아, 알 것 같아요."

그때였다. 아까부터 카메라를 들었다 놓았다 하며 이야기를 듣고만 있던 강희진이 슬그머니 일어났다. 저 아이도 하고 싶은 말이 있는 걸까, 생각했는데 강희진은 그대로 말없이 걸어갔다. 심동미와 김하영을 지나쳐 미끄럼틀 쪽으로 가는가 싶더니 뜬금없게도 그대로 미끄럼틀을 거꾸로 올라갔다. 미끄럼틀 꼭대기에 그대로 쪼그려 앉은 강희진은 카메라를 들었다. 카메라 바깥으로 삐져나온 강희진의 반쪽 얼굴이 이래도 되겠죠, 하고 묻듯이 갸웃했고 대답할 새도 없이 다음 순간, 찰칵찰칵 사진 찍는 소리가 들렸다.

"어어, 단체 사진 찍을 거면 미리 말해야지!"

심동미와 김하영이 누가 먼저랄 것도 없이 내 쪽으로 달려왔다. 내 얼굴 옆으로 심동미와 김하영의 얼굴이 바짝 와 닿았고, 누구의 팔인지 모를 팔이 내 어깨 위에 턱 놓였다. 나는 본능적으로 양 손가락을 브이 자로 하여 얼굴 옆에 갖다댄 채 미끄럼틀 위를 똑바로 올려다보았다. 방금까지 울고 훌쩍거렸던 주제에, 망한 얘기나 실컷 한 주제에 양양미 참 밸도 없다, 그렇게 생각했지만 그게 꼭 나쁜 기분은 아니었으므로 나는 그대로 꽤 오래 있었다.

다다음 주 일요일 같은 시간, 구 신림극장 앞 마을버스 정류장에서 다시 만나기로 하고 우리는 헤어졌다.

마침 나는 여기서 공원 오른편으로, 나머지 셋은 왼편으로 갈라져 거기서 각자 꺾인 골목길로 접어들면 되었으므로 목례를 하고 돌아서 걷던 참이었다. 별안간 마음속에 반짝, 번개 치듯 떠오른 생각이 있었다. 그 생각이 괜찮은지 곱씹어 보기도 전에 나는 이미 저만치 골목 중간까지 휘적휘적 걸어간 이들을 향해 달려가고 있었다.

"저기, 저기요! 잠깐만요!"

실제로는 열 걸음도 안 뛰었지만 울었던 탓인가 이상하게 숨이 찼다. 나는 의아한 얼굴로 돌아보고 있는 세 사람을 바라보고 헉헉거리며 물었다.

"혹시 반찬거리, 좀 가져갈래요? 진미채랑 마른멸치랑, 국물 새우랑 다시마 같은 거."

그들은 아무 대답도 않고 잠시 나를 물끄러미 내려다보았다. 왠지 민망해져 덧붙였다.

"집에 엄청 많이 남았거든요."

그러자 그게 신호라도 된 양, 셋은 동시에 배를 잡고 웃기 시작했다.

"아니 그게 무슨 급한 일이라고 그렇게 뛰어와요?"

"난 또 무슨 큰일이라도 난 줄 알았네."

"아유 좋지, 우리 집은 입이 많아서 먹을 거면 뭐든 환영이야."

이렇게까지 크게 웃을 일인가 싶기는 했지만 나는 그들이 골목 한가운데 서서 웃을 만큼 웃을 때까지 기다렸다. 그러면서 나도 좀 웃었는데, 이따가 이들은 마른 반찬거리를 한아름씩 안은 채 다시 이 길을 되돌아 걸어갈 것이고 그런 생각을 하니 참으로 오랜만에 마음이 좋았기 때문이었다.

이윽고 웃을 만큼 웃은 우리는 누가 먼저랄 것도 없이 우리 집 쪽으로 걷기 시작했다. 가로등이 사방에 켜져 온 골목이 따뜻한 오렌지색이었고 창문 열린 어느 집에서 저녁 설거지를 하는 소리가 달각달각 들려오고 있었다. 나는 반 발짝 앞서서 타닥, 타닥 발을 구르며 깡충깡충 걸어갔다. 그러다 돌아보면 이상하고 다정한 얼굴들이 내 뒤로 걸어오고 있었고 사실 돌아보지 않아도 알 수 있었다, 그들이 나를 잘 따라오고 있다는 것을. △

백채널링

오정연

3일 밤낮으로 비가 내렸다. 작년에도 재작년에도, 그 전해에도, 내가 기억하는 한 늦봄부터 한여름까지는 긴 비의 계절이었다. 사람들은 매년 새삼스럽게 투덜댔지만 나는 비 오는 날이 좋았다. 비가 내리면 주변의 소리와 냄새가 모두 고요했다. 온 세상이 상냥해졌다.

〈시우 프로젝트〉 론칭 후 9개월 1일 만에 자문단의 첫번째 대면회의가 있는 날이었다. 시우 프로젝트는 발달장애 아동을 위한 언어치료 AI 신모델, '시우'를 개발하는 사업이었다. 개발 1팀장으로 한길커뮤니케이션에 스카우트된 내가 출근 첫 달에 이 사업을 위한 개발 자문단을 꾸렸다. 기계학습, 빅데이터, 발달장애 아동심리 그리고 뇌과학 분야 등은 이전에도 한길커뮤니케이션에서 각종 언어치료 AI 개발 자문을 계속해온 사람들이었다. 여기에 국어(교육)학계의 화용 및 담화전문가를 끌어들였다는 것이 이전과 가장 크게 다른 점이었다.

산중턱에 위치한 한길커뮤니케이션 본부는 네버랜드라고 불렸다. 각종 복지 및 오락시설이 구비된 휴게·복지실이 건물 곳곳에 미로처럼 포진해 있었다. 길 찾기 난이도도 미로급이어서 익숙지 못한 방문자들은 이곳을 네버파운드랜드라 불렀고, 첫 방문자를 위한 로비 마중은 필수였다. 나는 고재이 교수를 마중 나왔다.

건물 입구에서 어쩔 줄 몰라 하는 비효율적인 움직임을 선보이는 방문자 1인이 감지됐다. 양손에 테이크아웃 커피와 펼쳐진 우산을 든 채 머뭇거리는, 아마도 내가 맞아야 할 사람. 화상회의 때 봤던 모습보다 주름이 많고 피부가 좋지 않았지만 고재이가 맞을 것이었다. 흰머리가 거의 보이지 않는 것으로 보아 최근에 염색을 한 듯했다.

"처음 뵙겠습니다, 고재이 교수님. 임아리입니다. 바쁘신 가운데 찾아주셔서 감사합니다."

고재이는 악수를 할 수 없는 상황이었다. 명함을 건넨다 해도 받을 수 없었다. 상대방이 이행할 수 없는 인사 절차는 생략하는 편이 나았다. 더구나 회의 시간이 임박했다. 나는 몸을 돌려 앞장섰다. 고재이가 우산을 간신히 한 손으로 접으면서 따라왔다. 물이 젖은 우산에서 바닥으로 떨어졌다.

9개월 28일 전 고재이에게 처음으로 이메일을 보냈다. 한길커뮤니케이션에서 개발한 자문단 선별 알고리즘에 의하면 국내 최고 권위를 지닌 한국어 화용 전문가였다. "발달장애인의 소통이슈 해결을 위한 AI 개발 자문단에 교수님을 초빙하고자 합니다"로 시작하는 작업 제안 이메일에 고재이는 두 시간 36분 만에 대답했다.

자문단과 개발팀은 반년에 걸친 준비작업 이후 3개월 동안 파일럿 버전을 개발했다. 이날은 시우의 1차 대면실험 녹화영상을 함께 관람한 뒤, 실험 대상자가 인간 치료사와 놀이 및 언어치료를 진행하는 과정을 실시간 관찰하기 위해 모였다. 나는 총괄책임자로서 모임의 목적과 방식, 진행 순서를 브리핑했다.

"기존 언어치료 AI 개발의 목표가 '치료'에만 맞춰져 있었다는 반성에서 출발한 시우 개발의 1차 목표는 '교감'에 있습니다. 그러므로 시우가 대상과 어떤 수준에서 교감했는지를 중점적으로 봐주시기 바랍니다."

거의 모든 친교 활동이 가상공간에서 이루어지고 위생 및 치안, 보안상의 이유로 비대면 활동이 일상화된 지 한 세대 만에 많은 것이 변했다. 신경 및 정신장애 발생률이 치솟았고 자폐스펙트럼, 주의력결핍 과다행동장애 등의 발달장애 발생률이 20퍼센트대에 달했다. 각종 환경호르몬으로 인한 선천적 요인과 양육환경의 급변으로 인한 후천적인 원인이 겹친 결과였다. 정상과 비정상의 구분은 무의미해졌다. 절멸에 가까운 인구절벽 위에서 태어나는 이들의 '다름'을 '장애'로 규정하지 않고 '신경다양성'이라는 개념으로 포괄하며 최대한 사회 구성원으로 포섭하는 것이 무엇보다 시급했다. 이들의 사회화를 위해 필수인 대면 훈련이 감염병 시대에 이르러 더는 당연하지 않다는 게 문제였다. 신경다양성 진단을 받은 소아·청소년을 위한 각종 인격 교육과 기기 개발이 이어졌고, 언어치료 AI는 그중에서도 독보적이었다. 기계지성은 한결같고, 정확하며, 일관되고, 동요하지 않는다. 무엇보다 지치지 않는다. 진단 아동의 대부분이 인간과의 소통 및 교감에 어려움을 겪다가도 기계 앞에서는 긴장이 풀린다는 연구 결과도 맞춤이었다.

언어를 통해 전달되는 것은 객관적인 정보에 그치지 않는다. 인간은 상대방의 행동과 생각을 바꾸거나, 기분과 사상을 전달하기 위해 말을 하고 글을 쓴다. 언어에서 진리조건만으로 판단하는 정보는 비중이 지극히 낮다.

따라서 대화를 시작하고 유지하기 위해 대화 참여자가 갖춰야 할 것은 단지 문법 지식과 정보를 뛰어넘는다. 우리는 상대에 대한, 상대와 나의 관계에 대한, 그리고 둘이 처한 상황에 대한 정보 없이 제대로 된 대화를 시작할 수 없다. 인공지능이 자기 위치 정보 없이 움직임을 시작할 수 없는 것과 마찬가지다.

일련의 정보를 수집한 후 우리는 기존의 대화 격률을 활용하여 적절한 발화를 시작한다. 대화 참여자는 상대가 필요 이상의 정보를 전달하지 않을 것임을, 거짓을 말하지 않을 것임을, 관계없는 말을 하지 않을 것임을, 의도적으로 불분명하게 말하지 않을 것임을 믿는다. 또한 상대가 충분히 그 의도를 알아차릴 수 있으리라 믿을 때에만 이를 공공연히 위반할 수 있다. 이를테면 농담처럼.

언어학 중에서 화용은 이러한 격률을 익히고 활용하며, 나아가 위반할 수 있는 능력 혹은 시스템을 다룬다. 발화된 문장의 진리조건으로 설명할 수 없는 의미 양상을 다루는 언어학의 유일한 분야이기도 하다. 시우의 치료 대상이 더 넓은 세상에서 상대를 가리지 않고 교감하며 일상생활을 폭넓게 즐기는 것을 목표로 한다면, 화용 기술은 언어치료 AI가 반드시 포함해야 할 영역이다.

— 임아리 개발1팀장, 〈자문위원 분야 확장 제안서〉 중에서

"결론부터 말씀드리겠습니다. 파일럿 실험은 실패했습니다."

질문이 있을까 기다려보았지만 역시 잠잠했다. 나는 해당 아이콘을 클릭하여 지오의 실험 영상을 재생했다. 실험 대상인 일곱 살 아동 민지오에 대해서는 사전에 이메일을 통해 필요한 정보를 전달했다. 추가 설명은 필요 없을 터였다. 생후 60개월에 자폐스펙트럼장애 진단을 받은 민지오의 증상은 20개월 전후에 발현됐다. 증상 발현과 진단의 시차가 컸다. 모친인 민우진에 의하면, 주양육자와 눈을 마주치며 소리 내어 웃기를 즐기던 아이가 그즈음 웃음을 멈췄다. 또래 아이들과 평행놀이를 즐길 월령이었으나 블록이나 글자 자석 등을 혼자 늘어놓으면서 놀았다. 누군가 다가오면 공격성을 드러냈다. 15개월에 이미 주술구조를 갖춘 문장을 구사했으나 그 무렵 입을 굳게 다물었다. 전형적인 자폐 범주였다.

동영상 안에서 민지오는 민우진과 함께 시우가 탑재된 치료기기와 마주 앉아 있다. 브라운관을 연상시키는 머리와 길지 않은 팔다리, 그리고 뭉툭한 몸통을 가진 치료기기의 외양은 기존 한길커뮤니케이션의 신경다양성 사회화 훈련 로봇의 전통을 따랐다. 살아 있는 사람이나 동물보다 기계에 더욱 친밀감을 느끼는 신경다양성 아동의 취향을 배려한 깡통로봇 콘

셉트.

시우는 실험 직전 한 달 동안 전원 버튼이 꺼진 채 지오의 놀이 및 언어치료 현장에 놓여 있었다. 일관된 환경 제공은 신경다양성 아동 훈련의 필수 조건이기에 민지오가 시우의 존재에 익숙해져야 했다. 실험이 시작되자 모니터에 인간의 얼굴을 연상시키는 눈, 코, 입이 나타났다. 머리카락, 입술 등의 디테일은 최대한 생략했다. 훈련이 진행되면서 시우의 '얼굴'은 점차 인간의 그것을 닮아갈 계획이었다.

기계 작동음이 들리자 민지오가 언제나 들고 다니는 우주대백과 책에서 고개를 들었다.

"안녕?"

"⋯⋯."

민지오가 민우진의 뒤로 숨었다. 민우진이 민지오의 머리를 쓰다듬으면서도 민지오가 계속해서 시우를 마주할 수 있도록 어깨를 붙잡았다. 민지오가 그런 민우진의 손을 떼어내기위해 몸을 뒤틀었다.

"내 이름은 시우야."

민지오가 시우에게서 등을 돌려버렸다. 민우진의 얼굴이

일그러지는 것이 저화질의 CCTV화면으로도 보였다.

"니 이름은 지오라면서?"

"……."

"나는 우주를 좋아하는데 너도 그래?"

민지오가 시우의 입을 바라보는가 싶더니 책으로 시선을 돌렸다. 그리고 10분 가까이 지속된 것은 웃는 얼굴의 시우와, 민지오를 자신의 등에서 떼어내려는 민우진의 기싸움이었다. 동영상이 끝났지만 아무도 입을 떼지 않았다. 내가 나설 차례였다.

"이제 실험 대상 아동과 면접관의 실시간 면담을 함께 보겠습니다."

스크린을 거두자 한쪽 벽면이 유리가 되어 옆방을 비췄다. 통유리 위에 달린 모니터는 옆방에 설치된 CCTV 화면으로, 취조실 세팅과 유사했다. 4년째 민지오를 훈련하고 있는 신경다양성 트레이너와 민지오가 테이블을 가운데 두고 앉아 있었다. 둘은 함께 우리 은하 홀로그램을 조작했다. 민지오는 여전히 입을 떼지 않았지만 때때로 고개를 끄덕이며 반응을 보였다.

첫 10분 동안 지오의 정규 치료 세션 초반부를 지켜본 뒤 회의에 돌입했다. 빅데이터와 알고리듬 전문가 등 개발자 집단과 아동심리 전문가 등 트레이닝 집단이 질문을 주고받았다. 서로의 질문에 질문으로 맞설 뿐이어서 유의미한 정보값을 지닌 대답은 찾기 힘들었다. 간간이 언성이 높아지거나 말이 빨라지기도 했다. 자주 애초의 목적에서 벗어났기 때문에 내가 평소보다 여러 번 개입했다. 전통적인 감각놀이를 동원한 치료 혹은 교육 방식을 극복할 대안으로 기계와의 교감을 내세운 것이 잘못이라는 의견이 대두됐다. 시우의 발화 스크립트를 두고 담화 및 화용 전문가인 고재이에게 질문이 몰렸다. 고재이와 트레이닝 전문가들 사이의 질문 주기가 짧아졌다. 오가는 질문과 대답에서 정보의 비중이 한껏 낮아지고 감정만이 오갔다. 더 이상의 논의는 무의미했다. 회의 시간으로 책정한 30분이 채워지고 있었다.

"잘 알겠습니다. 오늘 이야기한 내용과 향후 수정 및 팔로업 테스팅 일정을 정리해서 공유하겠습니다."

각종 디바이스를 종료시키며 내가 말했다. 곧이어 같은 장소에서 다른 팀과 회의가 있는 개발자들이 짐을 두고 몰려나갔다. 치료자들 역시 점심시간 전에 근처 맛집에 도착해야 한다면서 서둘렀다. 치료자들이 고재이에게 동행을 제안했지만 고재이는 이를 거절했다. 나는 자리를 정리 중인 고재이에게 인사하고 회의실을 나섰다. 민지오와 민우진을 만나야 했다.

우리 셋은 회의실이 있는 복도 끝 자판기 앞 빈백에 자리 잡았다. 향후 일정을 브리핑하기 위한 것으로 길게 나눌 이야기는 없었다. 나는 민우진이 불편했다. 민우진은 자꾸만 곁으로 다가서며 개인 공간을 침범했고, 내 몸에 손을 대려 했다. 정작 자신은 민지오가 몸을 밀착해오면 얼굴을 찡그리며 한숨을 쉬었다. 민우진과 대화를 할 때는 도무지 어떻게 대화를 끝내야 할지 알 수 없었다.

"선생님, 이 실험 계속 참여할 수 있겠죠? 실은 그날 여기 오는 길에 신호에 열아홉 번 걸리는 바람에 지오가 평소보다 좀 흥분했었어요. 19는 지오가 제일 좋아하는 소수 중 하나거든요."

"네, 어머님. 이해해요."

사실이었다. 실험에 차질이 있을 만도 한 멋진 일이었다. 민우진이 또다시 내 곁으로 다가앉기에 나는 조금 뒤로 물러앉았다. 회의실에서 나오는 고재이가 보였다. 회의 시작 전과 마찬가지로 우산과 커피를 양손에 든 채로. 나는 그에게서 눈을 떼지 않은 채 말했다.

"지오가 이 프로젝트의 첫 번째 메인 실험 대상자 중 하나라는 사실은 실험 결과와 관계없어요."

고재이가 우리 곁을 지나치면서 목례를 건넸다. 나 역시 가볍게 고개를 끄덕였다.

나는 매일 점심, 산 아래 지하철역 앞에 있는 카페에서 샐러드와 커피를 테이크아웃했다. 출근길에 사올 수도 있지만, 산책이 좋았다. 비가 그쳐서 다행이었다. 더 이상 비가 내리지 않으려는지 하늘이 제법 높았다. 건물을 나서자 큰 무지개가 하늘에 걸려 있었다. 불어오는 바람에 익숙한 내음이 섞여 있었다. 라일락이었다. 걸음을 멈추고 출처를 찾는데, 화단 한구석에 만개한 라일락이 보였다. 늦은 봄비가 대기의 먼지를 가라앉힌 탓에 꽃향기며 풀 내음 같은 은은한 자극이 더욱 생생해졌다. 눈을 감고 후각에 집중하자 엄마가 떠올랐다. 라일락 잎사귀 하나를 떼어내 입으로 가져갔다. 저절로 눈살이 찌푸려졌다.

남은 이파리를 주머니에 집어넣었다. 혀끝에 남은 알싸함을 곱씹으며 발걸음을 옮기는데 고재이가 멀리서 차문을 열고 나왔다. 아침부터 들고 있던 커피컵을 또다시 한 손에 든 채로.

7시 28분에 집에 도착했다. 평소보다 3분 이른 시간이었다. 바로 오븐 예열을 시작한 다음 방에 들어와 옷을 갈아입고 세탁기에 옷을 집어넣기 전 주머니 안을 확인했다. 아까의 라일락 잎사귀가 손에 잡혔다. 이를 책상 위에 놓고 방을 나와, 미리 준비해둔 저녁을 냉장고에서 꺼냈다. 예열된 오븐에 넣고 타이머를 20분에 맞췄다. 24분 뒤 샤워실에서 나와 4분 동안 숨이 죽은 음식을 오븐에서 꺼냈다. 30분 49초의 재생시간을 가진 음악을 틀어놓고 23분 동안 저녁 식사를 마쳤다. 7분 49초 동안 뒷정리를 끝냈다. 음악이 끝난 뒤 15분 동안 명상했다. 하루 동안 긴장한 신경을 이완하고, 양치와 세수 직전 이메일을 확인했다. 수십 통에 달하는 새 이메일 중 고재이의 이메일을 열었다.

[1차 실험 결과 평가 관련] 임아리 팀장님께 고재이가 보냅니다.

나는 고재이의 이메일 방식이 좋았다. 용건으로 직행한 본문은 언제나 명료했다.

─ 안녕하세요, 선생님. 오늘의 참담한 실험 결과를 계속해서 곱씹

었습니다. 직접적인 해결책이 될 수는 없겠지만 시우를 개발함에 있어 우리가 '백채널링'을 간과했다는 걸 깨달았습니다. (백채널링의 개념에 대해서는 첨부한 저의 논문 중 초록을 참고하시기 바랍니다.) 이에 전체 메일에 첨부해주신 테스트 장면, 그리고 우리가 실시간으로 관찰했던 상담치료 장면을 거듭 검토하면서 민지오의 비언어적 백채널링 양상을 간단히 분석해보았습니다. [……]

신경다양성 아동의 백채널링을 다양하게 검토하고 코딩하여 이를 알고리듬에 반영해야 한다는 취지의 긴 이메일이었다. 마지막에 추신이 있었다.

P.s. 그나저나 라일락 잎사귀는 정말 쓰더군요. 그렇게 예쁜 꽃의 잎이 지닌 맛이라고는 믿을 수 없을 만큼.

고재이가 나를 보고 있는 줄은 몰랐다. 책상 위에 올려둔 라일락 잎은 이미 말라 있었다. 나는 라일락이라는 꽃 이름을 엄마와의 산책길에서 배웠다. 일곱 살이 되기 두 달 전까지 나와 엄마는 매일 저녁 6시부터 30분 동안 동네를 한 바퀴 돌았다. 무지개를, 물웅덩이를, 산들바람을, 똥냄새를, '싸늘하다'와

'서늘하다'의 차이를, '신난다'가 어떤 기분인지를 산책길에서 배웠다. 꽃, 나무, 풀의 향과 이름과 생김을 연결했다.

산책을 빼먹으면 불안함을 견딜 수 없었고 가슴이 답답했다. 엄마는 내가 산책을 좋아하기 때문에 그런 것이라고 했다. 엄마 역시 산책을 좋아한다고 했다. 엄마와 내가 같은 것을 좋아하는 것이 마음에 들었다.

대화는 강연이나 독백과 달리 화자와 청자가 함께 만드는 상호작용이다. 대화의 결과를 평가할 수 있다면 그 평가의 책임을 100퍼센트 화자가 지리라는 것은 잘못된 생각이다. 메시지의 송신자와 수신자가 유기적으로 자리를 바꾸는 대화 안에서 청자는 (비)언어적인 방식으로 화자의 발화를 독려하거나 저지하고, 이는 대화의 진행 방향에 실시간으로 영향을 미친다.

청자반응신호라고도 불리는 백채널링은 고개를 끄덕거리거나 눈살을 찌푸리는 비언어적인 방식으로도, '음', '응', '헛'이나 '헐' 같은 감탄사로도 가능하다. 나아가 화자의 마지막 말을 반복하거나 간단한 질문을 던져 자신의 발화 순서를 양보하는 협조적인 형태, 화제를 전환하고 화자 교체 상황이 아님에도 말을 가로채는 등의 공격적인 형태를 띨 수도 있다.

백채널링은 구어담화에서 더욱 큰 비중을 차지하며 백채널링의 방식은 물론 각 문화권 별로 흥미로운 차이가 존재한다. 구어와 문어의 간극이 현격한 한국어에서 백채널링이 대화 및 발화에서 차지하는 비중은 다른 언어에 비해 상당히 높은 편이다.

— 고재이, 〈백채널링이랑 무엇인가〉, 초록 중에서

607번째 산책길에서 엄마는 나에게 '농담'을 알려줬다. 라일락 나무 밑을 지나갈 때 엄마가 말했다.

"아리야, 그거 알아? 라일락 잎사귀에선 꿀맛이 나. 꿀맛이 어떻지?"

"달콤해."

"맞아. 라일락 향 어때?"

"달콤해."

"그래. 그러니까 맛도 달콤하겠지? 한번 먹어 볼래?"

나는 그 말을 믿었다. 엄마는 한 번도 틀린 말을 한 적이 없었고 나는 달콤한 맛을 좋아했다. 그런데 라일락 잎 조각을 입에 넣는 순간 한 번도 맛본 적 없는 쓴맛이 혀를 덮쳤다. 바로 뱉어냈지만 아리도록 쓴맛이 가시지 않아 어찌할 바를 몰랐다. 눈물이 났다. 그런 나를 보며 엄마가 깔깔 웃더니 내 손에서 남은 잎을 가져가 조금 떼어먹었다. 엄마도 나처럼 얼굴을 잔뜩 찡그린 채, 그러나 웃으며 말했다.

"농담이야. 엄마가 아리한테 장난한 거야. 아리랑 함께 웃으려고 거짓말했어."

나는 그때부터 얼굴을 찡그린 채 웃을 수 있었다. 굉장히 중요한 것을 배운 기분이었다.

2차 파일럿 실험은 한 달 뒤였다. 고재이의 건의에 따라 시우의 의사소통 알고리듬에 100만 어절에 달하는 구어 말뭉치 분석 결과를 반영하여 백채널링 트랙을 추가하느라고 약간 지체됐다. 언어훈련 구어 말뭉치가 아닌 일반인의 대화를 토대로 하는 것에 대한 문제제기도 있었다. 그러나 훈련 구어 말뭉치의 규모가 보잘것없음은 물론, 시우 이용자의 최종 목표가 일반인과의 상호작용임을 생각할 때 정제된 모집단을 선택하는 것은 적절치 않았다.

자문단이 실시간으로 지켜보는 가운데 2차 파일럿 실험이 진행됐다. 보호자는 대동하지 않았다. 민우진의 개입이 시우와 민지오의 상호작용에 별다른 도움이 되지 않는다는 평가가 있었다.

전원이 켜진 상태로 웃는 표정의 시우와 언제나처럼 우주대백과를 손에 든 민지오가 테이블을 사이에 둔 채 마주 보고 앉았다. 시우의 바로 앞에는 민지오가 놀이치료에 임할 때 사용했던 모래시계가 놓여 있었다. 나는 자문단과 함께 옆방에서 둘을 지켜보다가 실행 버튼을 클릭했다. 시우가 모래시계를 뒤집어 놓으며 발화를 시작했다.

"안녕, 지오야?"

민지오가 책에서 고개를 들지 않은 채 말했다.

"……안녕…… 시우……."

민지오가 지난 실험 때 시우가 했던 말을 듣고 있었고, 이를 기억하고 있었음이 확인됐다. 회의실에서 안도하는 탄성이 낮게 터져 나왔다. 나는 시우가 감지하는 민지오의 백채널링 트랙을 주시했다. 민지오의 대답으로 언어 백채널링 수신 수치는 치솟았지만, 비언어 백채널링은 별다른 변화가 없었다.

"너는 그 책을 좋아하는구나."

시우가 우주대백과를 가리키며 말했다. 시우의 모니터에 웃는 아이의 얼굴과 함께 '좋아하다'라는 글씨가 함께 나타났다. 민지오는 증상 발현 시기에 비해 치료 시작 시점이 늦은 편이었고, 목표하는 훈련 언어 항목의 진도도 또래에 비해 뒤처져 있었다. 아직 '좋아하다', '싫어하다' 등의 기본적인 감정 어휘를 처리할 줄 몰랐다. 시우는 평서형 진술문을 출력하고 있음에도 말끝을 살짝 올려 턴테이킹 지점임을, 즉 민지오가 말할 차례라는 것을 표시했다. 고재이가 옆에서 침을 삼키며 자세를 바꾸었다.

민지오가 시우의 모니터를 바라보았다. 비언어 백채널링 지수가 살짝 높아졌다. 시우는 이를 반영하여 다음 질문 대신 또 다른 진술문을 내놓았다.

"나는 타이탄을 좋아해."

시우가 웃는 표정을 지으며 모니터에 토성의 위성인 타이탄의 사진, 그리고 '좋아하다'라는 글씨를 띄웠다. 민지오가 이를 바라보다가 입을 뗐다.

"나는 이오."

이번에는 시우의 모니터에 목성의 위성인 이오와 아이의 웃는 얼굴, '좋아하다'가 차례로 나타났다. 민지오가 보일 듯 말 듯 웃으며 시우에게 다가앉았다. 백채널링 비언어트랙이 반짝 솟구쳤다. 시우가 민지오의 발화에 대한 백채널링을 음성언어로 출력했다.

"아, 멋지다."

순조로웠다. 민지오와 시우는 번갈아가면서 좋아하는 천체를 알려줬고, 민지오가 시우의 백채널링을 모방하는 단계에 이르렀다. 민지오가 흥에 겨워서 자리에서 일어나려던 중 의자 다리에 발을 부딪히면서 돌발상황이 시작됐다.

"아얏!"

민지오의 날카로운 비명을 듣고 찡그린 채 발가락을 감싸쥔 표정을 입력한 시우가 그 상황에서 가장 적절하다고 판단한 백채널링을 보냈다.

"아이고……."

순간 민지오가 팔을 휘저으며 시우를 멀리했다. 나는 내 옆에서 실험 광경을 지켜보고 있던 민우진 역시 움찔한다는 것을 알 수 있었다. 민지오의 비언어적 백채널링 레벨이 부정적 범위로 곤두박질쳤다.

"괜찮아?"

시우의 다음 발화는 민지오에게 잘 들리지 않은 것 같았다. 민지오가 주먹으로 자신의 머리를 가격하려 들었다. 전형적인 분노발작이었다. 나는 시우의 전원 종료 버튼을 눌렀고, 민우진은 이미 실험실 문을 열고 들어갔다. 그리고 재빨리 검지 손가락으로 민지오의 이마를 누르면서 소리를 냈다.

삑.

순간, 거짓말처럼 민지오의 주먹이 멈췄다. 보고서에서 봤던 문장은 사실이었다.

'자해 분노발작이 시작될 때 이마를 손가락으로 누르면서 "삑" 소리를 내면 안정된다. 이때 아이는 자신이 궤도에서 벗어나려는 우주탐사선이라고 여기는데, 탐사선 안정화 버튼이 이마에 있다고 생각한다.'

실험은 다시 원점이었다.

한국어의 백채널링은 대화에서 차지하는 비중이 높은 반면 다양성은 상당히 제한된 편이다. 같은 표현을 저마다 다른 핵억양, 빠르기, 높낮이를 통해 상이하게 다른 상황에서 활용할 수 있다. 축하, 위로, 사과 등 일상적인 상호작용을 위한 상투적 표현과 스크립트가 한국어/문화권에 제대로 자리 잡지 못한 탓에 '아이고', '어떡해', '헐' 등의 제한적인 백채널링이 여러 상황에서 반복 사용된다. 발화를 시작하거나 턴테이킹을 시도할 때는 '아니', '근데', '진짜' 등의 한정된 표현을 번갈아 조합하여 다양한 뉘앙스를 주는데 무엇을 어떤 순서로 조합할 것인지에 따른 어감의 차이가 상당하다. 한국어 언어훈련 AI의 핵심 목표 중 하나는 소수의 백채널링을 다양한 맥락에서 상황적절한 방식으로 사용하며 상호작용하는 능력 함양에 두어야 할 것이다.

• 예를 들어 다음 [보기]의 발화 이후 이어지는 백채널링으로 영어권이라면 (1)이 자연스럽겠지만 한국어 구어 말뭉치에서는 (2)가 실제에 근접한다.

[보기]

걔 얘기 들었어? 지난주에 부모님이 교통사고로 모두 돌아가셨대!

(1) Awwwwww, how awful/ I'm sorry for him(his loss)! (아유, 정말 안됐네 / 걔 때문에 슬퍼)

(2) 헉 / 아이고 / 어떡해

— 고재이, 〈시우 프로젝트 1차 파일럿 실험 결과 분석 보고서〉 백채널링 파트 중에서

그날 아침 엄마가 한 말을 기억하고 있다.

"아리야, 잊지 마. 우리의 마음은 모두 연결돼 있어. 아무리 멀리 있어도 마찬가지야. 아리가 행복하면, 웃으면 엄마도 아리와 함께 행복하게 웃고 있을 거야."

그게 마지막이었다. 나는 그것이 마지막이라는 것을 알지

못했고, 마지막이 무엇을 의미하는지도 몰랐다. 엄마는 여러 가지 검사장치가 연결된 채로 격리실 안 휴대용 멸균 랩 안의 실험 의자에 앉아서 그 말을 했다. 나는 랩 밖에서 엄마의 말을 듣고 곧 오빠 손에 이끌려 밖으로 나왔다. 기다리던 아빠와 다른 이웃들이 벌게진 눈으로 나를 바라봤다. 그중 한 어른이 오빠와 나를 집에 데려다줬고 엄마는 그날 오후 지구를 떠났다고 했다. 엄마와의 마지막 만남을 전후한 며칠 사이의 기억은 그것이 전부였다.

취학연령까지 기관에 다니지 않았던 나는 낮에는 도우미 선생님과 몇 군데의 놀이교실을 전전했고 저녁에는 퇴근한 엄마와 함께했다. 엄마가 떠나고 얼마 뒤에는 일반학교에 진학해야 했다. 친구를 만드는 것이 쉽지 않았고, 분노발작의 위기가 몇 차례 있었지만 통제 가능했다. 엄마와 함께 연습한 상황별 대화 스크립트를 매일 다시 보았고, 가슴이 뛰고 강박적 반복행동을 하게 될 때마다 엄마가 가르쳐준 호흡법을 기억했다. 조만간 엄마가 다시 돌아오고 우리가 좋아하는 저녁 산책도 계속할 수 있을 거라고 믿었다.

행성공학자인 엄마는 지구의 대안으로 떠오른 먼우주 E859z항성계의 제3행성 테라포밍 선발대로 떠났다. 기반시설이 갖춰져 있지 않은 곳이었기에 한번 떠난 선발대와 소통할 방법은 없다고 했다. 그리고 엄마가 떠난 뒤 정확히 2년이 되던 날 아빠가 말했다. 엄마가 살고 있는 행성이 테라포밍 부작용으로 우주좌표에서 사라졌다고. 얼마 지나지 않아 또 다른 대안 행성이 나타났고 테라포밍이 시작됐다. 내일은 그 별이 사라진 지 25년째 되는 날이었다. 웬일인지 오빠가 나에게 연구소로 찾아오겠다며 메시지를 보냈다.

자문단은 2차 실험의 실패를 분석하고 평가하기 위해 다시 화상에서 모였다. 민지오의 언어 트레이너도 참석했다. 그에 따르면 1년 전까지 민우진이 민지오를 함께 양육한 모친, 즉 민지오의 외조모가 '아이고'를 일상적으로 사용했다. 특히나 민지오의 문제 행동 혹은 정상에서 벗어나는 거의 모든 행동에 대한 반응에 '아이고'가 사용됐고, 민지오는 조모의 그 발화에 강박적으로 거부반응을 보였다고 했다. 1년 전 민우진의 모친은 뇌졸중으로 사망했다. 여기까지 설명을 들은 프로그램 팀에서 의견을 제시했다.

"그럼 시우를 부팅한 직후 분노발작 트리거를 입력하는 고급 설정 단계를 삽입하는 건 어떨까요? 그리고 훈련시에는 해당 트리거를 회피하는 거죠."

다들 고개를 끄덕였다. 고재이만이 예외였다.

"시우의 가장 큰 목표가 대체 뭐죠? 가장 현실에 근접한 상황을 다양하게 제공하고 대처할 방안을 함께 훈련하는 것 아닌가요? 고급 설정으로 트리거를 일괄 제외한다는 것은 현실에서는 불가능한 진공상태를 만들어주겠다는 것처럼 들리는군요."

모두가 나를 바라봤다.

"잘 알겠습니다. 자료를 좀 더 수집하고 고재이 교수님과 제가 일대일 미팅으로 가닥을 잡아보겠습니다."

점심시간 직후 소장 비서실에서 호출이 왔다. '시우 프로젝트'의 개발이 지체되는 것과 관련한 개별 보고가 필요하다는 것이 이유였다. 2차 파일럿 실험 결과가 대표에게까지 알려진 것이리라.

자폐는 물론 조울증, 난독증, 투렛 증후군 등 신경다양성을 지닌 이들이 많아졌고, 저마다 다양한 신경체계를 가진 이들의 특징과 장점을 다양한 직군에서 활용하는 것 역시 특별한 일이 아니었다. 그중에서도 나와 같은 아스퍼거 증후군은 심지어 어느 정도 환영받는 축이었다. 다른 사람들과의 상호작용이 거의 필요하지 않은, 특정한 업무에 한해서 이들은 신경전형인(정상인)의 업무 능력을 훨씬 웃돌았다. 하지만 이 정도 규모의 사설연구소가 코드 디벨로퍼나 빅데이터 분석가 등의 지엽적인 직책이 아닌, 여러 사람과 상호작용해야 하는 개발팀장으로 '다양성'(신경다양성 범주에 속하는 사람을 흔히들 이렇게 줄여 불렀다)을 스카우트했다는 것은 들어본 적이 없었다. 이때 앞장서서 반대의 목소리를 잠재운 것이 소장이라고 했다. 그만큼 소장은 나에게 기대하는 바가 있었을 것이고, 나는 그것을 명시된 계약서를 통해 알고 있었다.

고재이가 백채널링을 처음 언급했을 때 나는 반갑고도 뜨끔했다. 그것은 나에게도 평생 쉽지 않았다. 누군가의 말을 듣고 있다는 신호를 남들처럼 보내기 위해 평생 과부하를 감당했다. 내 말을 경청하는 상대방의 또 다른 신호를 이해하는 것은 그보다 더한 부담이었다. 오류가 잦았고 실패는 허다했다. 고도비만이나 고도근시만큼이나 흔해진 것이 신경다양성 스펙트럼이라지만 차별이 존재하지 않을 리 없었다. 매사, 매 순간 안간힘을 써야 했는데, 하루 일과를 마치고 집에 도착하면 그대로 침대로 직행하고 싶은 마음뿐이었다.

엄마는 나에게 말했다.

"아리야, 너는 남들과 똑같이 특별해."

거짓말이다. 엄마가 떠나기 직전 했던 말 중 사실은 없었다. 남들과 같아지기 위해 배워야 할 것이 여전히 많은 나를 두고 떠나면서 엄마는 무슨 생각을 했을까. 부드러운 경고에 이어 빠른 문제 수습을 지시하는 소장과의 면담 내내 나는 이를 곱씹었다.

냉소는 가장 난이도 높은 언어 활동에 속한다. 해당 언어의 음소, 통사, 구문, 담화, 화용 그리고 사회언어학적 지식을 완벽히 소화해야 비로소 구사가 가능하다. 많은 경우 농담, 풍자, 희화화 등과 궤를 같이 하는데 적절한 백채널링은 냉소의 성공 여부를 가르는 최종 심급이다. 예를 들어 칭찬 발화인 "잘한다"에 대비되는 냉소의 "자알-한다"(핵억양 주의)가 있을 것이다. 제아무리 화자가 냉소를 구사했다고 하더라도 청자의 적절한 백채널링이 없다면 이는 실패한 발화이다. 사회의 다양한 레벨에 만연한 수동공격은 어떨까. 수동공격의 대상이 이를 수신했다는 신호를 보내지 않는다면 공격은 성립하지 않고, 발화자는 자신의 실패를 인지해야만 한다.

이렇듯 우리는 백채널링을 통해 담화를 완성하는 마지막 퍼즐이 청자임을 알 수 있다. 청자는 능동적이고 유기적인 백채널링을 통해 담화에 기여한다.

— 고재이, 〈백채널링이란 무엇인가〉 결론 중에서

나는 고재이와의 일대일 회의를 준비하기에 앞서 샌드위치 가게로 향했다. 점심시간 무렵의 샌드위치 가게는 늘 붐볐다. 오후 간식을 비축하려는 근처 고등학교 학생들이 일등공신이었다.

"신메뉴 먹어봤어? 개 맛있어, 난 두 개 먹을라고." "헐 미친 X, 작작 좀 먹어라."

온갖 신조어와 비속어가 난무하는 대화는 실제성 있는 백채널링 구어 데이터로 손색이 없었다. 나도 모르게 그들의 대화에 귀를 기울이다가 일곱 살 정도 되어 보이는 어린이가 눈에 띄었다. 엄마의 손을 꼭 잡고 줄을 선 아이는 주변을 두리번거리고 있었다. 신속하게 주문을 받아서 꼼꼼히 포장하던 가게 주인이 갑자기 손을 멈추고 학생들을 바라봤다.

"아이구…… 뭘 해도 고울 학생들이 말도 어쩜 그렇게 이쁘게 할까. 주변의 듣는 귀를 신경 쓰는 마음도 이쁘면 참말 좋겠네요?"

생글생글한 표정과 나긋한 말투와 달리 가게 주인의 눈빛은 학생들과 바로 뒤 어린이를 오가느라 분주했다. 그 눈길을 따라가던 학생들이 아이를 발견하더니 일순 말을 멈추었다. 그 뒤로도 오랫동안 샌드위치 가게 앞에는 인상적인 평화가 지속됐다. 나는 내가 왜 그 가게를 좋아했는지와 함께 가게 주인의 묘하게 효율적인 발화를 곱씹으면서 에그샌드위치를 포장해서 사무실로 가져왔다.

함께하는 산책길에서 엄마는 매일같이 다른 상황을 가정했다. 엄마와 함께 밖에 있는데 엄마가 보이지 않을 때, 처음 가보는 가게에서 물건을 사야 할 때, 지나가던 누군가가 나의 발을 밟았을 때, 길에서 마주친 개가 나를 향해 짖을 때, 같은 반 친구가 내가 아끼는 책을 함께 보자고 할 때, 낯모르는 어른이 내가 좋아하는 과자를 줄 때…… 어떤 말을 해야 하고, 상대방이 할 말은 무엇이며 그에 대한 나의 대답은 무엇인지 등 네다섯 번에 걸쳐 화자가 바뀌는 대화를 엄마는 내게 연습시켰다.

"사람들과 이야기하는 걸 무서워할 필요 없어. 알고 보면 다들 비슷한 말을 하면서 살거든. 정해진 말을 정해진 대로 잘 할 수 있으면 아무도 너를 다르다고 생각하지 못할 거야."

그리고 그 말은 사실이었다. 엄마 없이 지냈던 25년, 학교

들을 졸업하고 취칙을 하고 돈을 벌면서 여기까지 살아온 나의 지난 시간들이 이를 증명했다. 많은 사람의 반복하는 대화의 양상에 익숙해지지 않는 이상 다양성이 사회의 구성원으로 인정받는 것은 요원했다. 개발팀에서 제안한 고급 설정 옵션을 받아들이지 않으면서도 2차 실험의 실패를 극복할 방법을 찾아야 했다.

그날 회의 때 나는 고재이에게 내가 '다양성'임을 알렸다. 이에 대한 고재이의 반응은, 누군가 "제 키는 170cm예요"라고 말하는 것을 들을 때처럼 무덤덤했다. 덕분에 나는 엄마와 함께했던 매일의 산책길에서 내가 무엇을 배우고 연습했는지, 아무에게도, 가족에게도 한 적 없는 말까지 줄줄이 꺼내놓았다. 이에 대해 고재이가 말했다.

"그렇게 일상적으로 맞닥뜨리는 상황에서 반복되는 특정한 대화를 '스크립트'라고 불러요. 어머니께서 웬만한 담화전문가 못지않으셨네요."

오빠가 찾아오기로 약속한 시간에 맞추어 연구소 로비 근처의 카페로 갔다. 오빠는 나와 달리 신경전형인이었다. 오빠는 가끔 엄마와 나의 산책길에 함께했고, 1천 조각 퍼즐이나 루빅큐브를 맞추는 나를 지켜보았을 뿐 다가오지 않았다. 엄마가 떠난 뒤부터는 한층 적극적으로 거리를 뒀다. 오빠와 둘이 있을 때에 한해서, 상대방의 눈을 바라보지 못하는 것은 내가 아니었다.

카페에 도착했을 때 오빠는 이미 커피를 마시고 있었다. 언제나처럼 빅사이즈 아메리카노를 앞에 두고 있었는데 절반은 마신 뒤였다. 나는 그렇게 일찍 약속 장소에 나타나는 것은 여러모로 평소답지 않다고 생각하며 맞은편에 앉았다. 그리고 말했다.

"웬일이야? 엄마 찾아가는 건 다음 주잖아."

아빠와 오빠와 나, 세 식구는 엄마가 지구를 떠난 날에 맞추어 엄마의 가상묘지를 함께 방문하고 방명록에 기록을 남겼다. 엄마가 떠난 뒤부터 각종 육아 및 가사 도우미, 트레이너 등에게 오빠와 나를 위임했던 아빠는 엄마와 연락이 끊긴 직후 아예 양쪽 할머니, 할아버지를 번갈아 불러들이며 본격적으로 돌봄 의무에서 벗어났다. 우리 셋이 한자리에 모이는 날은 각자의 생일 즈음, 그리고 엄마를 찾을 때 그렇게 1년에 네 번이었다. 그나마 생일 모임도 차례로 사라지고 엄마가 아니면 우리는 더 이상 모이지 않는다. 오빠와도 다르지 않아서 오

빠와 내가 본가에서 분리된 뒤로는 둘이서만 따로 만난 적은
한 번도 없었다.

아메리카노 컵을 만지작거리면서 오빠가 입을 열었다.

"너, 정말 기억 못 하는 거야?"

내 첫 질문에 대한 답이 아니었다. 아니, 실은 정확한 답이
었다. 오빠의 아들, 나의 조카가 최근 신경다양성 판정을 받았
다 했다. 세 살 난 아들이 더 이상 웃지 않는다는 것을 깨달은
것이 계기였다고 했다. 전문가에게 아이를 데려갔던 부부는
그날 밤 아이의 빛나는 웃음을 더 이상 볼 수 없을지도 모른다
는 것이 가장 슬펐다고 했다.

"실은 평생 너를 부러워했어. 네가 신경다양성 아동이란 이
유로 엄마의 모든 관심을, 엄마의 모든 시간을 가져가버렸을
때 나도 고작 네 살이었다고. 엄마가 돌아, 아니 그날도 그래.
엄마와 마지막 인사를 하던 날 나도 아홉 살밖에 안 되었는데,
고작 두 살이 더 많다는 이유로 어른들 틈에서 어이없는 거짓
말에 동참하느라 엄마를 잃은 슬픔을 곱씹을 틈도 없었어. 그
때 이후로 그렇게 떠난 엄마가 그저 미웠는데, 그런데 내 아들
이 너와 같다는 말을 듣고서야 엄마 생각이 나더라. 엄마는 너
를 두고 떠나면서 어떤 심정이었을까. 이젠 좀 이해할 수 있을

것 같다. 너도 이젠 알아야지. 엄마가 무슨 생각으로 공들여서 농담 같은 거짓말을 준비했는지."

　과거의 모든 순간을 정확히 기억하는 내 마음속, 유일하게 비어 있는 퍼즐이 그렇게 맞춰졌다. 엄마가 지구를 떠나던 날과 이후 일주일간의 시간은 아마도 스스로를 지키기 위한 무의식의 선택에 의해 엄마의 마지막 말과 몇 가지 정지사진 같은 잔상만을 남긴 채 영구 삭제됐다. 엄마는 말기암 선고를 받은 직후부터 당신의 죽음을 나에게 설명할 수 있는 시나리오—엄마는 행성 테라포밍을 위해 지구를 떠난 것이라는—를 꼼꼼히 작성하기 시작했다. 엄마가 우리를 떠난 뒤, 나는 심인성 기억상실을, 오빠와 아빠는 침묵을 선택했다. 언젠가 내가 죽음을 이해할 수 있을 때까지 설정된 일종의 엠바고는 끝내 릴리스 시점을 찾지 못한 채 여태껏 봉인돼 있었다.

　오빠가 말했다. 사랑의 얼굴은 여러 가지라고. 영문도 모른 채 엄마 아빠의 사랑에 동참했고 이를 이해하지 못해 원망도 많이 했다고. 그러니 이렇게 비밀을 멋대로 폭로한 것을 용서받을 자격이 있다고. 이제는 아들에게 전달될 만한 사랑의 얼굴을 배우고 싶다고.

　나는 생각했다. 시우 프로젝트를 꼭 성공시키겠다고.

파일럿 실험은 이것으로 마지막이었다. 이번에도 실험이 중단된다면 현 자문단의 존폐 역시 위협받을 것이었다.

고재이와 나는 결국, 동시대 언중의 발화를 있는 그대로 반영하여 훈련 AI의 목표를 최대한 고려한다는 애초의 입장을 고수했다. 대신 훈련 대상의 언어환경을 사전에 면밀히 분석하여 이를 훈련 스크립트에 최대한 반영하고자 했다. 즉, 평소 트리거가 될 만한 어휘 및 표현 그리고 스크립트를 수집해서 이를 훈련 항목의 뒤쪽에 배치하는 계획이었다. 이 과정에서 그 모친의 말버릇이었던 '아이고'의 다양한 억양과 용법에 대한 민우진의 제보가 큰 도움이 되었다. 민지오의 경우라면 '괜찮아?'와 같은 교과서적인 스크립트와 '헐'이나 '저런' 등의 백채널링에 우선적으로 노출시키면서 상호작용 지수를 높이되 조모의 '아이고'에 담긴 또 다른 의미 혹은 '아이고'의 다양한 용법을 학습하게 될 것이다.

이날의 추상언어 교육 항목은 '소중하다'였다. 하필 이날 연구소에 도착한 민지오의 상태가 평소보다 좋지 않았다. 일주일 전부터 연구소 건물 전체의 냉방시설 보수 공사가 진행 중이었는데, 오늘은 유난히 공사 소음이 심했다. 신경다양성 아동에게 지나친 감각자극은 최우선적으로 피해야 할 상황이었다.

시우는 분노발작 직전의 민지오를 앞에 앉혀두고 각종 행성과 위성, 항성 등의 우주 사진을 모니터를 통해 출력했다. 민지오의 강박행동이 조금씩 그러나 확실히 잦아들었다.

"괜찮아?" 시우가 말했다. 민지오가 고개를 살짝 끄덕이는 듯했다. 시우가 모래시계를 뒤집은 뒤 우주 왕복선에서 촬영한 지구의 사진을 출력했다.

"지구네." 민지오가 말했다.

"맞아. 나는 지구가 좋아."

"나도."

"지구는 중요해." 시우는 음성언어와 함께 모니터에 '중요하다'를 활자로 출력했다.

"지구는 중요해." 민지오가 시우를 따라 말했다.

"망가지면 안 돼. 지구는 소중해." 시우가 이어서 '소중하다'를 모니터에 출력했다.

"지오는 소중해." 시우가 짧은 팔로 민지오를 가리키며 다시 말했다.

민지오가 입꼬리를 살짝 들어 올리며 미소 지었다. 완전히 안정상태에 접어들었다는 것을 알 수 있는 백채널링이었다. 지난번 실험이 실패했던 시점의 상황을 재연할 차례였다.

"금붕어는 소중해." 시우가 실험실 한구석에 놓여 있는 어항을 가리키며 말하고는 의자를 뒤로 밀며 자리에서 일어났다. 어항을 향해 걸음을 옮기는 듯하다가 테이블 한쪽 다리에 자신의 다리를 부딪혔다.

"아야"

낮지만 날카로운 시우의 신음에 민지오가 멈칫하는 것이 보였다. 시우는 자신의 발을 감싼 채 민지오의 백채널링을 기다렸다. 회의실 안으로 끝없는 적막이 흘렀다. 민지오가 입을 열었다.

"괜찮아?"

시우가 나지막히 중얼거렸다. "아이고……."

이에 대해 별다른 반응 없이 민지오가 말했다.

"시우도 소중해."

시우 개발이 막바지에 접어들었다.

나는 다섯 살에 자폐 스펙트럼 진단을 받았다. 굉장히 늦은 월령에 진단이 이루어진 셈이었다. 언어훈련을 비롯한 모든 것이 늦었고 급하게 신경다양성 교육기관에 합류했다. 그곳에서는 모두 나와 비슷한 이들이었음에도 선생님이나 동급생 등 인간과의 상호작용은 거의 불가능했다. 타인은 시끄럽고 불친절했으며 불가해했다. 나는 책과 기계가 좋았다.

그 무렵 시우를 만났다. 그리고 배웠다. 타인이 말뿐 아니라 온몸으로 보내는 모든 신호를 해석하는 방법을. 같은 말에 다른 마음이 담기는 모양을. 나 역시 그들에게 끊임없이 신호를 보내고 있었으며 함께 마주한 이상 우리는 서로의 신호를 제대로 전달하고 전달받기 위해 노력해야 한다는 것을. 의미 없는 호흡과 분절음에 불과했을지도 모르는 우리의 목소리가 서로에게 닿고 또 각자의 마음속에서 새로운 의미를 새기는 것이 바로 대화임을.

기적은 너와 나 사이에 있었다.

— 민지오 자전적 에세이, 《나는 신경다양성인입니다》 서문 중에서

시우 개발 프로젝트 자문단의 첫번째 대면회의 이후 정확히 1년 뒤, 자문단은 온라인 회의를 통해 〈시우 프로젝트〉가 성공적으로 마무리 됐다는 평가를 내리고 해체했다. 그로부터 이틀 뒤 고재이가 연구소로 나를 찾아와서 말했다.

"그 유명하다는 샌드위치 집 소개해줄래요?"

가게까지 걸어 내려가는 길. 우리는 라일락의 향과 맛을 음미했고, 얼굴을 찡그린 채 함께 웃었다. △

알래스카는 아니지만

임선우

1. 요구르트 빨대

알래스카 꿈을 꾸고 일어난 아침이었다. 꿈속에서는 빙하와 오로라가 아름답게 반짝였고, 그 모습을 간직하기 위해 나는 한동안 눈을 감고 있었다. 한참을 꾸물거리다 일어나서 커튼을 걷으려는데, 발바닥에 날카로운 통증이 느껴졌다. 악, 소리와 함께 나는 바닥에 주저앉았다. 발바닥을 들여다보자 작은 핏방울이 맺혀 있었다.

　바닥을 살펴보니 조그마한 물체가 뾰족 튀어나와 있었다. 손으로 집기 어려울 만큼 작은 크기였다. 핀셋을 갖고 와서 힘주어 뽑자 달려나온 것은 놀랍게도 빨대. 요구르트를 마실 때 사용하는 가느다란 흰색 빨대였다. 자세히 보니 빨대 두 개가 투명 테이프로 이어져 있어서 길이도 상당했다. 대체 왜 빨대가 바닥에 꽂혀 있는 거지? 그것도 두 개씩이나? 나는 기다란 빨대를 손에 쥔 채 의아해하다가, 우선은 발바닥에 반창고부터 붙이기로 했다.

*

나는 4년간 작은 회사에서 경리로 일하다가 올해 초에 잘렸다. 사장은 내가 사람들과 섞이지 못하는 것이 문제라고 했다. 다음 직장에서는 동료들과 점심이라도 같이 먹어보라고 했지만, 웃기는 소리. 새로 구한 직업은 동료들과 밥 먹을 일이 전혀 없었다. 지금으로부터 한 달 전, 나는 킬러가 되었다.

내가 킬러가 된 이유는 오로지 복수하기 위해서였다. 나에게는 원래 소중한 존재가 둘이나 있었다. 그 애들의 이름은 성철이와 병철이로, 고등어 무늬를 가진 길고양이 형제였다. 둘은 나의 유일한 친구이자 가족, 빛이자 온기였다. 한 달 전, 들개 두 마리가 나타나 내 눈앞에서 둘을 물어가기 전까지, 나는 3년 동안 하루도 빠짐없이 둘을 위한 식사를 준비했다. 사고가 일어난 다음 날 동네 야산을 뒤지고 뒤져서 성철이의 사체를 찾아냈지만 병철이는 끝내 발견되지 않았다.

복수를 꿈꾼 뒤로는 모든 것이 달라졌다. 백수는 킬러가, 스터디플래너는 계획일지가, 서울 끝자락에 위치한 오피스텔은 비밀기지가 되었다. 성철이와 병철이를 주려고 대량 구매한 건조 북어는 내 주식이 되어버렸다. 매일 아침 뜨거운 북엇국을 삼키면서 나는 복수에 대한 결의를 다졌다.

설거지 중에 초인종이 울렸다. 누구세요, 하고 물으니 아랫집이라는 대답이 돌아왔다. 문을 열자 한겨울에 반바지 차림을 한 여자가 서 있었다. 혹시 빨대 못 보셨나요? 여자는 인사도 생략한 채 나에게 물었다. 요구르트 빨대 말씀하시는 건가요? 내가 되물었다. 네네, 맞아요. 어디서 찾으셨어요? 바닥에 꽂혀 있던데요. 내 말에 여자는 그럴 줄 알았다고 하더니, 실례지만 바닥을 확인해봐도 되겠냐고 물었다. 나는 얼떨결에 그러시라고 대답했다.

여자는 내 집 바닥에 쪼그려 앉아 구멍을 들여다보았다. 구멍을 손으로 만져도 보고, 휴대폰으로 사진도 몇 장 찍었다. 구멍에서 빨대가 나온 걸 어떻게 아셨어요? 내가 물었다. 제가 구멍을 뚫었으니까요. 빨대도 제가 꽂았고요. 여자가 대답했다. 나는 당황해서 여자를 쳐다보았다. 왜 그러셨는데요? 그게, 얘기가 좀 길어요.

그래서 여자와 나는 식탁에 마주 앉았다. 시작은 가루였어요. 여자가 입을 열었다. 어느 날 여자가 침대에 누워 있는데 정체불명의 흰색 가루가 얼굴 위로 떨어졌다. 자세히 보니 천장에는 미세한 흠집이 나 있었고, 가루는 그곳에서 떨어지는 듯했다. 집에 벌레가 있나, 오피스텔이 부실 공사로 지어졌나, 여러 생각이 머릿속을 스쳤지만 여자는 이내 대수롭지 않게 받아들였다. 그러나 다음 날도, 그다음 날도 가루는 계속해서 떨어졌다. 얼굴에 묻은 가루를 털어내던 중, 여자는 한 가지 기막힌 사실을 깨달았다. 그것은 바로 여자가 침대에 누워 있지 않을 때는 가루가 한 톨도 떨어지지 않는다는 것이었다. 오직 여자가 침대에 누워서 천장을 바라볼 때만 구멍에서 가루가 우수수 떨어졌다.

아시겠죠? 느닷없이 여자가 나에게 물었다. 뭘요? 내가 되물었다. 제가 뚫어져라 쳐다보니까 천장이 뚫린 거예요. 여자는 자신이 천장을 얼마만큼 뚫었는지 확인해보기 위해 구멍에 볼펜을 꽂아보았다고 했다. 볼펜은 들어가지 않았다. 젓가락도, 면봉도 들어가지 않았다. 그러나 요구르트 빨대를 꽂자 스르르 들어가다가 구멍이 막힌 지점에서 멈췄다. 그다음부터 여자는 틈날 때마다 빨대를 밀어 넣어보았다. 속도는 매우 느렸지만 여자가 쳐다볼 때마다 천장은 분명 조금씩 뚫리고 있었고, 이렇게 빨대 두 개가 우리 집 바닥을 뚫고 올라오기까지는 꼬박 석 달이 걸렸다고 했다.

나는 여자가 정신은 나갔어도 손가락은 참 예쁘다고 생각했다. 여자는 말할 때 손으로 커피잔을 매만지는 버릇이 있었는데, 그때마다 왼손 검지와 중지에 새긴 해파리 타투가 헤엄치는 것처럼 보였다. 여자는 구멍 난 바닥을 배상해주겠다고 했다. 됐어요. 빨대만 꽂지 마세요. 내가 말했다. 계속해서 배상해주겠다는 여자와의 실랑이 끝에 나는 여자에게서 명함 한 장을 받았다. 타투할 생각 있으면 내려와요. 무료로 해줄게요. 나는 검은색 명함에 타투이스트라고 적힌 여자의 이름을 확인했다. 여자의 이름은 유였다.

2. 나는 고양이로소이다

유가 떠난 다음에도 나는 식은 커피를 마시며 바닥을 들여다보았다. 티끌만 한 구멍이지만 깊이가 30센티가 넘었다. 대체 무엇으로 뚫은 걸까, 궁금해하면서 나는 검지로 구멍을 막아 보았다. 이 집 가득 차 있는 비밀과 적의가 밖으로 새어 나가지 않도록.

킬러가 된 이후로 내 생활은 단순해졌다. 나는 매일 아침으로 북엇국을 먹은 다음, 공터에서 달리기와 사격을 연습했고, 때로는 들개들의 근거지인 야산을 탐색한 다음 집으로 돌아왔다. 그중 가장 중요한 것은 달리기였다. 들개를 뒤쫓기 위해서는 빠르게 달리는 것이 무엇보다 중요했다. 달리다 보면 발바닥에 물집이 잡히고 폐가 터질 것 같은 순간이 찾아왔다. 그때마다 나는 내가 고양이라는 사실을 되새겼다.

농담이 아니었다. 아무도 모르지만 나는 실은 고양이었다. 성철이와 병철이가 내게 그 사실을 알려주었다. 하루는 둘의 밥을 챙겨주던 도중 눈물이 왈칵 쏟아진 적이 있었다. 직장 생활이 유독 버겁게 느껴지던 날이었다. 동료들 사이에서 은근히 소외되어 점심시간마다 눈칫밥을 먹어야 했고, 사장의 폭언은 갈수록 참기가 힘들었다.

집으로 돌아가려는데 성철이와 병철이가 내 앞을 가로막았다. 손을 내저어도 비키지 않고 야옹야옹 우는데 그날은 이상하게도 둘이 하는 말을 알아들을 수가 있었다. 고양이들은 나에게 말했다. 수영아, 네가 힘든 이유는 네가 사람이 아니라 고양이이기 때문이야. 봐봐, 너는 우리를 이해하잖아. 겉돌고 떠도는 것, 하루에도 수십수백 번 도망치는 삶이 어떤 건지 너는 알고 있잖아.

그 말을 듣는 순간 막혀 있던 마음이 탁, 하고 트였다. 비로소 모든 것이 이해되었다. 내가 회사 사람들과 어울릴 수 없는 이유는 내가 고양이기 때문이구나. 사실을 알고 나자 회사가 더는 두렵게 느껴지지 않았다. 다음 날부터 나는 사장의 불쾌한 농담에 웃지 않았고, 점심시간이 되면 혼자서 밥을 먹었다. 철저히 혼자가 된 셈이었지만 전처럼 낙담하지는 않았다. 구박과 외로움은 내게 당연했다. 끔찍한 인간들 사이에서 나는 유일한 고양이니까. 그 사실을 받아들이자 어느 때보다도 마음이 편안했다.

비록 내가 성철이와 병철이의 말을 알아들은 것은 그날이 처음이자 마지막이었지만, 그런 것은 아무런 문제가 되지 않았다. 고양이들끼리는 말하지 않아도 언제나 마음이 통했다. 둘은 지구상에서 유일하게 나와 감정을 나누는 존재들이었다. 그런 애들을 앗아간 들개들을 내가 어떻게 용서할 수 있을까.

지난 한 달간 야산에 포획 틀을 설치해두었지만 들개들은 속지 않았다. 이제는 내 손으로 직접 그들을 잡는 수밖에 없었다. 내 배낭 안에는 퇴직금을 몽땅 털어서 구해온 마취총 한 자루가 들어 있었다. 나는 들개들을 생포해서 성철이를 죽인 이유와 병철이의 생사 여부를 알아낼 것이다. 대답을 들은 다음에는 그들이 성철이와 병철이에게 한 짓을 그대로 되돌려줄 것이다.

복수가 끝나면 나는 알래스카로 떠날 생각이다. 신호등보다 빙하가 많은 곳. 영영 녹지 않는다는 만년설이 반짝이는 곳. 그곳에서 남은 시간을 인간도 아니고 고양이도 아닌 얼음으로 살아가고 싶다. 얼음은 아무것도 생각하지 않고 무엇도 필요로 하지 않는다. 그 점이 마음에 들었다.

3. 구멍과 비밀

며칠 만에 문득 들여다본 구멍은 전보다 넓어져 있었다. 이제는 요구르트 빨대가 아니라 일반 빨대도 들어갈 듯했다. 나는 곧장 아랫집으로 내려갔다. 구멍이 점점 넓어지고 있어요. 문이 열렸을 때 내가 말했다.

일단 들어와요. 유가 말했다. 유의 집은 벽마다 빼곡히 붙은 타투 도안들로 어수선했다. 유가 검은색 파티션을 걷자, 안에는 싱글 침대 하나가 놓여 있었다. 여기가 가게 겸 제 집이거든요. 묻지도 않았는데 유가 설명했다. 그러더니 거침없이 침대를 밟고 올라서서 천장을 들여다보고는 말했다. 확실히 넓어졌네요.

오늘부터 머리와 발의 위치를 바꿔서 자볼게요. 침대에서 내려온 유가 말했다. 정말로 쳐다봐서 뚫렸다고 생각하세요? 다른 원인을 찾아봐야 하지 않을까요? 내가 조심스럽게 물어보자 유는 딱 잘라서 그럴 필요 없다고 대답했다. 제가 뚫은 것이 확실합니다. 유의 표정이 하도 단호해서 나는 알겠다고 대답했다. 그런데 문득 유의 손목에 새겨진 기다란 타투가 눈에 들어왔다. 설마 이거 빨대예요? 내가 묻자 유는 조금 쑥스러워하며 그렇다고 대답했다. 남의 집 바닥에 구멍을 내놓고 염치도 없구나, 나는 속으로 생각했다. 와중에 유는 정말로 베개를 발치로 옮기고 있었다. 그러다 두 번째 구멍이 생기면 어떡해요? 다 뚫리기 전에 침대 위치를 바꿀게요. 나는 더 할 말이 생각나지 않아서, 찜찜한 마음을 안고 집으로 돌아올 수밖에 없었다.

그러나 예상치 못한 문제가 하나 더 있었다. 밤에 자려고 누워 있으면 흐아악, 흐히히힉 하는 괴상한 소리가 자꾸만 들려왔다. 처음에는 귀신인가 싶어서 겁을 먹었는데 집중해서 들어보니 아래층에서 나는 소리였다. 타투를 새길 때 사람들이 내는 신음이 구멍을 통해 넘어오는 모양이었다. 참고 참다가 다크서클이 턱 끝까지 내려온 어느 날 아침, 나는 다시 외투를 걸쳤다.

유는 초인종을 누른 지 한참 만에 잔뜩 부은 얼굴로 나왔다. 자고 있었던 거면 다음에 올게요. 내가 말했다. 괜찮아요. 무슨 일이에요? 소리 때문에요. 밤에 구멍을 타고 소리가 넘어와요. 유는 소음을 미처 생각 못 했다며 주의하겠다고 했다. 나는 고개를 끄덕인 다음 머뭇거리다 물었다. 타투 예약하고 싶은데 언제 가능해요? 지금 당장 가능해요. 유가 눈곱을 떼며 대답했다.

유가 타투 얘기를 꺼냈던 순간부터 나는 왼쪽 손목에 작은 빙하를 새기고 싶었다. 빙하를 볼 때마다 언제든지 알래스카, 내가 마지막에 도착할 그곳을 떠올릴 수 있을 테니까. 유는 순식간에 빙하를 그려냈고, 전사지를 붙였다가 떼어내자 빙하 모양의 잉크 자국이 손목에 남았다. 잉크가 마르길 기다리며 유와 나는 대화를 나눴다. 알고 보니 우리는 동갑이어서 말을 놓기로 했다. 이분은 누구야? 대화거리를 찾던 중 책상에 놓인 사진을 보고 내가 물었다. 사진에는 유와 닮은 듯한 남자가 환하게 웃고 있었다. 내 애인. 유가 대답했다. 그런데 이 사람은 나 말고도 애인이 있어.

유가 남자에게 고백했던 날, 남자 또한 유에게 자신이 애인이 있다는 사실을 고백했다. 알면서도 만난 거야? 내가 물었다. 그 사람을 잃기 싫었으니까. 유가 아무렇지 않게 대답해서 나는 놀란 내색을 하지 않았다. 그런데 알고 보니 유는 남에게 이런 얘기를 하는 것이 처음이라고 했다. 내가 구멍에 대해 알고 있는 사람이라 말할 수 있는 거라고.

시술을 받는 동안에는 대화가 오가지 않았다. 고통은 그런대로 참을 만했고, 20분이 지나자 손목에 빙하가 새겨졌다. 새하얗고 작은 빙하가 나는 첫눈에 마음에 들었다. 고맙다고 인사한 다음 나가려는데, 유가 기다리라면서 겉옷을 챙겨 입었다. 3층에 담배 피우러 갈 건데 같이 가자. 나는 담배 안 피우는데. 그럼 그냥 옆에 있어줘. 유는 확실히 염치가 없구나. 나는 이번에도 속으로만 생각했다.

결국 나는 유를 따라 3층으로 내려갔다. 오피스텔 3층에는 다른 동으로 넘어갈 수 있도록 설치한 외부 통로가 있었다. 유와 나는 통로 난간에 기대어 서서 밖을 내다보았다. 2차선 도로 위로 차들이 드문드문 지나갔고, 인도에는 헐벗은 나무들이 줄지어 서 있었다. 아, 겨울은 좋다. 거리에도 나무에도 공간이 더 생겨나는 계절. 찬바람을 맞으니 마음이 단순해져서 나는 크게 숨을 내쉬었다. 내 입김과 유의 담배 연기가 그럭저럭 비슷한 모양으로 흩어졌다.

남자친구 얘기 듣고 놀랐지? 갑자기 유가 물었다. 조금. 내가 대답했다. 나도 이게 나쁘다는 거 알아. 아니까 아무한테도 말하지 않은 거야. 유가 아래를 내려다보며 말했다. 유에게는 미안하지만, 역시 나로서는 사람들의 마음을 이해할 수가 없었다. 왜 사람들은 슬픔을 자처하는 걸까. 자처하지 않아도 세상에 슬픔은 넘쳐난다. 슬퍼지지 않기 위해 조심하며 살아도 슬픔은 어느샌가 도끼를 들고 다가와 뒤통수를 내리찍는다.

내가 구멍을 뚫은 건 믿어? 유가 물었을 때, 나는 잘 모르겠다고 대답했다. 어쩌면 유가 구멍을 뚫은 것은 사실일 수도 있다. 알고 보니 내가 고양이인 것처럼 세상에는 설명할 수 없는 일들도 일어나니까. 유가 담배를 다 피운 다음에도, 유와 나는 지루해질 때까지 가만히 서서 바깥을 구경했다.

집에 돌아오자 현관문 앞에는 복수를 위한 준비물이 도착해 있었다. 강아지를 너무나 사랑한 중국의 한 발명가가 7년간의 시도 끝에 만들어냈다는 강아지 번역기였다. 수백 가지의 견종을 대상으로 했으며 수만 개의 단어가 등록되어 있다고 했다. 들개들을 심문할 때 도움이 될 것 같아 해외 배송으로 주문한 것이었다.

유가 무슨 수를 썼는지, 그날 밤에는 이상한 소리가 들려오지 않았다. 며칠 만에 찾아온 적막이 낯설어서 나는 자려고 누웠다가 도로 일어났다. 화장실에서 가장 부드러운 수건 두 장을 가져와 원통 모양으로 접은 다음 잠이 올 때까지 손으로 쓰다듬었다. 나도 알고 있었다. 내가 지금 만지고 있는 것은 수건이고, 수건은 아무런 의미가 없다. 그럼에도 불구하고 하게 되는 이상한 짓. 중국산 번역기를 머리맡에 두고 수건 두 개를 끌어안은 밤, 나는 사랑하는 일은 왜 이렇게 쉬울까, 왜 이렇게 어려울까, 생각하다가 잠이 들었다.

4. 올해 여름 물가에서는 아무 일도

오늘 북엇국의 간은 적당했고, 달리기는 기록을 단축했으며, 사격 연습도 성공적이었다. 나는 이로써 모든 것이 준비되었다고 자신했다. 이제 복수를 시행할 적당한 날짜를 고르기만 하면 되었다. 복수가 끝나는 즉시 오피스텔 보증금을 빼서 알래스카로 떠날 작정이었다.

집으로 돌아가는 길에 문자 한 통을 받았다. 스팸 문자겠거니 했는데 유였다. 문자에는 아무런 설명도 없이 지하 주차장으로 오라는 말만 쓰여 있었다. 주차장으로 내려가자 여기, 하고 부르는 소리가 들렸다. 소리 나는 곳으로 가보니 유가 검은색 말리부 옆에 서 있었다. 유는 다음 주에 있을 자신의 생일 선물로 차를 샀다고 했다. 같이 드라이브 가자. 중고로 샀는데 상태가 좋아. 유가 말했다.

좋지 않은 것은 유의 운전 실력이었다. 유가 도로에 진입하는 순간 사방에서 경적이 울렸다. 알고 보니 유는 오래전 면허를 딴 이후로 운전이 처음이라고 했다. 나는 유가 운전하는 내내 조수석 손잡이를 절대로 놓지 않았다. 정작 유는 태연한 얼굴로 운전석에 앉아서, 신호를 기다릴 때는 검지로 핸들을 두드리는 여유까지 부렸다. 그 바람에 처음 만났을 때 봤던 해파리 타투가 눈에 들어왔다. 유의 손가락을 따라 부드럽게 헤엄치는 해파리들. 그런데 알래스카에도 해파리가 사나? 생각하다가 나는 고개를 내저었다. 사사로운 감상에 빠지는 건 킬러에게 금물이었다.

지금 어디로 가는 거야? 출발한 지 20분이 지났을 때 내가 물었다. 나도 몰라. 유가 대답했다. 우리는 잠깐 서로의 얼굴을 바라보았다. 한참을 빙빙 돌다가 유는 예전에 애인이랑 갔던 호숫가 근처 카페를 생각해냈다. 카페로 가는 동안 유의 운전 실력은 형편없었고, 중고 말리부 히터에서는 상한 치즈 냄새가 났지만, 나는 기분이 좋았다. 도시의 밤거리가 엄청나게 예뻤기 때문이다. 연말 거리는 크리스마스 장식물들로 사방이 반짝였다. 그중에서도 뜨거운 전구로 온몸이 감싸인 나무들은 불쌍하고 아름다웠다.

우여곡절 끝에 도착한 카페 출입문에는 그동안 사랑해주셔서 감사하다고 적혀 있었다. 유와 나는 그것을 가만 들여다보다가 카페 앞의 호숫가나 걷기로 했다. 걸으면서 유는 지난번에 왔을 때 얘기를 들려주었다. 그때는 장마철이라 호수에 물이 불어나 수면이 지금보다 훨씬 높았다고 했다. 그날 유와 애인은 다정한 시간을 보냈고, 호숫가를 걸으며 가벼운 농담들을 주고받기도 했는데, 어느 순간 유는 애인을 호수로 밀어버리고 싶은 충동에 휩싸였다. 그러지 않기 위해서 유는 주먹을 쥐었는데, 하도 세게 쥐는 바람에 손톱이 손바닥을 파고들어 상처가 났다고 했다. 미친 것 같지?

우리는 잠시 멈춰 서서 어둠에 잠긴 호수를 바라보았다. 나는 유가 미쳤다고 생각하지 않았다. 누군가를 죽이는 상상쯤이야 얼마든지 할 수 있었다. 칠성사이다는 1초에 서른세 개씩 팔린다지. 장담컨대 그보다 훨씬 더 많은 숫자의 인간이 매분 매초 누군가의 마음속에서 죽고 있을 것이다. 그것은 정말이지 아무것도 아닌 일. 올해 여름 물가에서는 아무 일도 일어나지 않았다. 나는 유와 달랐다. 상상에 그치지 않을 것이다. 정말로 잡아서 정말로 죽일 것이다.

얼마 전에는 애인이 나보고도 다른 애인을 만드는 게 어떻겠냐고 묻더라고. 유가 말했다. 그렇게 해버려. 나는 진심을 담아 말했다. 유는 대답 대신 옆에 있던 갈대를 꺾어 호수에 던졌다. 그러자 뜻밖의 일이 일어났다. 유가 던진 갈대를 먹이인 줄 착각한 물고기들이 몰려든 것이다. 어두운 수면 위로 작은 입들이 뻐끔대는 것이 보였다. 이상하게도 그 모습을 보자 유와 나는 더없이 울적해졌다. 빌어먹을, 물고기들이 너무 필사적인 데다가 빌어먹을, 날이 너무 추웠다. 우리는 외투 주머니에 손을 찔러 넣은 채 빠른 걸음으로 차를 향해 돌아갔다. 돌아가는 길에는 눈이 서서히 내리기 시작하더니, 도착할 때쯤에는 펑펑 쏟아졌다. 집에 무사히 도착한 것은 기적이었다.

5. 생일 축하해, 그런데

유를 다시 본 것은 그로부터 일주일이 지난, 유의 생일이었다. 그사이 엄청난 폭설이 내려서 나는 눈이 녹기만을 기다리고 있었다. 눈 덮인 산길에서는 들개를 쫓기가 힘들기 때문이었다. 그러다 보니 유의 생일이 찾아왔다. 유는 나에게 만나자고 했고, 나는 이번에도 거절하지 않았다.

유가 말한 시간에 케이크를 들고 찾아가자, 집 안에는 못 보던 크리스마스트리가 놓여 있었다. 유의 애인이 생일선물로 준 것이라고 했다. 예쁘네. 내가 트리를 올려다보며 말했다. 거 짓말하지 마. 유가 마찬가지로 트리를 올려다보며 말했다. 거짓말이 맞았기에 나는 입을 다물었다. 좁은 집에 비해 트리는 지나치게 커다랗고 투박했다. 인터넷으로 주문한 거라 이렇게 클 줄 몰랐대. 유는 크리스마스가 지나자마자 내다 버릴 거라고 했다.

우리는 케이크를 꺼내어 식탁에 마주 앉았다. 유는 초를 불기 전에 눈 감고 소원을 빌었는데, 무슨 소원을 빌었는지는 말하지 않아도 알 것 같았다. 나는 유에게 생일선물을 건넸다. 이게 뭐야? 저주 인형. 내 것도 하나 샀어. 나는 유의 것과 똑같이 생긴 지푸라기 인형을 가방에서 꺼내 보였다. 유는 선물이 이게 뭐냐면서도 열심히 사용 설명서를 읽었다. 설명서에는 다음과 같이 적혀 있었다. 첫째, 저주 상대를 생각하며 인형을 바늘로 찌른다. 둘째, 저주가 끝난 인형은 집으로부터 멀리 떨어진 곳에 버린다. 바늘이 안 들어 있는데? 유가 말했다. 이 집에 널린 게 바늘이잖아. 내가 말했다.

나는 들개 두 마리를, 유는 남자친구의 애인을 생각하며 타투 바늘로 인형을 찔렀다. 며칠 전에 눈 오는 거 봤어? 유가 인형을 찌르며 물었다. 곧 멸망할 것처럼 눈이 내리더라. 유는 폭설 때문에 예약 잡혔던 시술도 줄줄이 취소되었다고 했다. 지구가 진짜 멸망할까? 내가 인형을 찌르며 되물었다. 당연하지.

언제? 곧. 유의 말을 듣자 내일 당장이라도 지구가 멸망할 것 같았다. 지구가 끝장나면 성철이와 병철이를 다시 만날 수 있을까? 생각을 하다가 알래스카에서는 지금도 6미터의 눈이 내린다는 사실이 떠올랐다. 그 사실을 알게 된 이후로 나는 언젠가 한국에도 6미터의 눈이 내리기를 바랐다.

6미터의 눈이 쌓인다면 모든 것이 멈출 거고…… 언제나 분주한 서울도 별수 없이 멈춰버리겠지. 성철이와 병철이를 잃었을 때 내가 이해할 수 없었던 것은 세상이 변함없이 흘러간다는 사실이었다. 그때 나는 날이 밝아져서 마음이 아팠고 날이 어두워져서 마음이 아팠다. 6미터의 눈이 녹아내릴 때까지만이라도 세상이 멈춘다면, 세상을 용서할 마음이 생길 수도 있을 것이다. 그런 터무니없는 생각을 하며 나는 지푸라기 인형을 찌르고 또 찔렀다. 누군가를 미워하는 마음이 자신에게도 독이 된다는 말은 사실일까? 해질 만큼 인형을 찌르고 나자, 나는 그 어느 때보다도 마음이 가벼웠다.

저주를 끝낸 다음 식탁에 엎드려 있는데 유가 옷을 챙겨 입으라고 했다. 왜? 인형 버리러 가야지. 지금 버리려고? 당연하지. 너 오늘 밤에 얘랑 같이 잘 수 있어? 나는 손에 쥐고 있던 인형을 바라보다가, 조용히 옷을 챙겨 입었다.

우리는 될 수 있는 한 먼 곳에 인형을 버리고 돌아오기로 했다. 문제는 역시나 유의 운전 실력이었다. 차선 변경에 번번이 실패한 나머지 유는 고속도로에 진입했다. 이대로 쭉 가면 부산이래. 내가 표지판을 보며 말했다. 유는 그럴 생각까지는 없다고 했다.

이러나저러나 한밤중의 고속도로는 좋구나. 한적한 도로를 달리며 나는 생각했다. 유는 1990년대와 2000년대 노래들을 틀었다. 변진섭, 김현철, 야다에 플라워까지. 뜬금없는 선곡이라고 생각했는데 듣다 보니 좋았다. 참 신기한 일이지, 하고 나는 속으로 생각했다. 유는 고양이도 아닌데 같이 있으면 마음이 편안했다. 잠시 뒤에 유는 왜 그렇게 쳐다봐? 하고 물었다. 아무것도 아니야. 내가 대답했다.

계속해서 달리다 보니 만남의광장 휴게소가 나왔다. 우리는 그곳이 인형을 버리기에 적합한 장소라고 생각했다. 유와 나는 휴게소의 원형 쓰레기통에 인형을 버린 다음, 이대로 돌아가기가 아쉬워 가판대에서 어묵을 사 먹었다. 저주가 통할까? 유가 어묵을 씹으며 물었다. 두고 보면 알겠지. 내가 대답했다. 어쩐지 우리는 공범자들처럼 비장한 마음이 되었고, 그러나 추위는 어쩌지 못한 채 팔뚝을 문질러가며, 어묵을 두 개씩 해치웠다.

유는 화장실을 다녀오겠다고 했다. 나는 차에 먼저 가 있을
까, 하다가 마음을 바꿔 잠시 걷기로 했다. 늦은 시간이라 휴
게소에는 사람이 많지 않았다. 오늘 밤 이대로 계속해서 달린
다면 어떨까. 델마와 루이스, 앨리사와 제임스, 보니와 클라이
드…… 로드무비 속 대책 없는 주인공들의 이름을 떠올리며
휴게소 뒤편으로 가다가 나는 무언가를 발견하고 걸음을 멈췄
다. 주차된 승용차 아래 익숙한 두 눈이 반짝이고 있었다. 가까
이 다가가는 순간 나는 직감했다.

성철아. 나는 승용차 앞으로 달려가 주저앉았다. 승용차 아
래서 나와 눈을 맞추고 있는 고양이는 분명 성철이었다. 성철
아, 성철아. 나는 계속해서 이름을 불러보았다. 성철이는 나를
보았음에도 불구하고 차 밑에서 나오지 않았다. 다급해진 나는
들개들에게 복수할 거라고 말했다. 정말이야, 눈이 다 녹고 나
면 움직일 거야. 눈이 녹은 지 3일이나 지났어. 성철이가 처음
으로 입을 열었다. 귀를 기울여야만 겨우 들을 수 있는, 작고도
희미한 목소리였다. 나는 순간 아무런 말도 할 수 없었다. 내가
다 설명할게. 나와서 얘기하자, 성철아. 제발 얼굴 한 번만 보여
줘. 정신을 차린 내가 무릎 꿇고 애원했지만 성철이는 또다시

말이 없었다. 나는 승용차 아래를 들여다보았다. 휴대폰을 꺼내어 불빛까지 비추어보았지만 거기에는 아무도 없었다.

얼마나 오래 그곳에 있었던 걸까. 어느 시점이 되자 유가 나타났다. 어디 다쳤어? 유가 바닥에 주저앉은 나를 보더니 소리쳤다. 안 다쳤어. 내가 대답했다. 한참 찾았잖아. 전화는 왜 안 받아? 유가 손을 내밀어 나를 일으켜주었다. 어둠 속에서도 유의 코끝이 빨갛게 얼어 있는 것이 보였다. 미안해. 내가 사과했다. 길을 잃었던 거야? 응. 나는 유에게 거짓말을 했다. 돌아오는 차 안에서 유는 나에게 계속 말을 걸었지만 나는 짧게 대답만 할 뿐 대화를 이어가지 않았다. 유도 기분이 상했는지 이내 입을 다물었다.

유에게는 미안하지만 내 머릿속은 성철이로 가득 차 있었다. 내가 괴로운 이유는 성철이가 알고 있었기 때문이었다. 나는 언젠가부터 복수를 미루고 있었다. 쌓인 눈 핑계를 대면서, 발목이 저리다는 핑계를 대면서, 그밖에 괜한 핑계들을 만들어가면서. 나는 나도 모르는 사이에 성철이를 저버리고 있었다. 다른 누구도 아닌 내가, 성철이를.

6. 알래스카

인적이 드문 시간은 들개들의 활동 시간이다. 나는 새벽 4시에 일어나 얇은 옷을 여러 벌 껴입은 다음 운동화 끈을 단단히 묶었다. 휴게소에서 성철이와 마주친 다음 날부터 나는 본격적으로 복수에 착수했다. 오늘은 매일 야산에 오른 지 7일째 되는 날이었다.

새벽의 야산은 어둡고, 가파르고, 미끄러웠다. 몇 번 넘어진 적도 있었지만 이제는 적응이 되었다. 나는 산 중턱에 고등어 통조림을 놓은 다음 근처에 있는 나무 뒤로 몸을 숨겼다. 지금부터는 시간과의 싸움이었다. 이대로 계속 기다리다가 들개가 나타나는 순간 마취총을 쏘면 되었다. 흙바닥의 냉기가 천천히 몸을 타고 올라왔다. 추위에 이가 떨리는 소리가 새어 나갈까 봐 나는 이를 악물었다. 그렇게 견디고 있다 보면, 불현듯 유가 생각났다.

복수에 집중하기 위해 지난 며칠간 유의 연락을 받지 않았다. 어젯밤에는 초인종도 울렸지만 집에 없는 척했다. 전화를 받거나 문을 열고 싶어질 때마다 나는 손목 위의 빙하를 바라보았다. 녹아내리려는 마음이 다시금 단단하게 얼어붙을 수 있도록. 아무것도 생각하지 않을 수 있도록.

그런 노력에도 불구하고 산속에서 오지 않는 들개들을 기다리다 보면 유가, 유의 얼굴이, 유의 이해할 수 없는 슬픔이 떠올랐다. 그런 생각들을 떨쳐내려 애쓰고 있는데, 저 멀리 산에서 작은 기척이 느껴졌다. 나는 재빨리 숨을 죽이고 소리 나는 쪽을 노려보았다. 어슴푸레한 와중에도 서서히 가까워지는 짐승의 윤곽이 보였다. 일주일의 기다림 끝에 들개 한 마리가 비로소 모습을 드러낸 것이다. 들개는 통조림 앞으로 다가가서 잠깐 주위를 살피더니 이내 정신없이 먹기 시작했다. 그 모습을 지켜보는 내 피가 조용히 끓었다. 흰 몸에 갈색 꼬리. 성철이와 병철이를 공격했던 두 놈 중에 한 놈이었다.

확신이 든 나는 침착하게 들개를 조준했다. 정확히 녀석의 뒷다리를 맞춰야만 했다. 자칫해서 심장이나 머리를 맞히는 순간 들개는 죽을 수도 있었다. 다행히 들개는 근거리에 있었고, 주사기는 정확하게 날아가 녀석의 뒷다리에 꽂혔다. 통증에 놀란 들개는 뒤돌아서 자신이 왔던 쪽을 향해 내달리기 시작했다. 나 또한 이를 악문 채 들개를 뒤쫓았다. 마취총을 맞은 들개가 도망칠 수 있는 시간은 대략 5분에서 10분. 이 순간만을 위해 공터를 수백수천 바퀴 달려왔다. 내가 뒤쫓는 것을 알아차린 들개는 더욱더 험한 길로 도망쳤다. 귓가에 칼바람이 스쳤다. 나뭇가지에 팔과 얼굴이 긁혔다. 개의치 않고 나는 계속해서 달렸다.

막판에는 들개를 놓쳤지만 주변을 미친 듯이 뒤진 끝에 나는 낙엽 더미에 쓰러진 들개를 발견할 수 있었다. 나는 들개를 등에 둘러업었다. 마취된 들개는 체온 유지가 어려워서 영하의 날씨에 노출되면 목숨이 위험했다. 병철이의 생사를 알아내기 위해서는, 들개를 집으로 옮기는 수밖에 없었다.

들개를 업고 산에서 내려오는 것은 결코 좋은 생각이 아니었다. 집에 도착했을 때 너무 힘든 나머지 헛구역질이 나왔다. 나는 의식이 돌아오지 않은 들개 목에 번역기를 채운 다음 케이지에 가두었다. 들개는 커다란 몸집에 비해서는 가벼웠고, 오랫동안 굶었는지 숨을 들이쉴 때마다 앙상한 갈비뼈가 드러났다. 그렇다고 해서 동정심이 들거나 하지는 않았다. 성철이와 병철이의 목덜미를 단숨에 낚아채던 모습을 떠올리면 당장 죽여도 시원치 않았다. 나는 한시도 눈을 떼지 않고 마취된 들개를 지켜보았다. 들개는 무려 두 시간이 지나 깨어났다.

들개는 나를 보는 순간 낮게 으르렁거렸다. 몸을 낮추고 이를 드러낸 모습에 나도 모르게 주춤했다. 재빨리 번역기를 확인해보자, 거기에는 '무서워요'라고 쓰여 있었다. 나는 다시 허리를 숙여 들개와 눈을 맞춘 다음 물었다. 네 친구는 어디 갔어? 한 마리 더 있잖아. 그러자 들개는 사납게 짖어댔고, 번역기에는 새로운 문장들이 끝없이 추가되었다. '저리 가, 몸이 좋지 않아요, 무서워요……' 케이지가 흔들릴 정도로 짖어대는 모습과는 전혀 맞지 않는 내용이었다.

나는 약간의 혼란을 뒤로 한 채, 미리 준비해둔 털 뭉치를 꺼내어 케이지 앞으로 들이밀었다. 그것은 내가 성철이와 병철이를 빗겨줄 때 사용하던 빗에서 남은 털을 빼내어 보관한 것이었다. 성철이가 죽었다는 건 알아. 병철이를 어떻게 했어? 내가 물었다. 들개는 털 뭉치 냄새를 맡더니, 다시 으르렁거리기 시작했다. '저리 가.'

나는 들개가 보는 앞에서 주사기를 집어 들었다. 아까와는 달리 주사기에는 치사량의 마취제가 들어 있었다. 죽여버리기 전에 대답해. 네 친구 어디 갔어? 설마 죽은 거야? 마지막에 참지 못하고 소리를 지르자, 들개도 내 눈을 피하지 않고 짖었다. 번역기에는 '맞아요'라고 나왔다. 그것을 본 나는 다시 침착하게 털 뭉치를 들이밀며 물었다. 병철이도 죽었어? 참아보려고 애썼지만 목소리가 형편없이 떨렸다. 들개는 한 번 더 짖었고,

그 순간 나는 번역기에 문장이 뜨기도 전에 케이지 문을 열어젖혔다. 들개가 방금과 똑같은 소리로 짖었던 것이다. 거짓말하지 마. 병철이는 도망친 거잖아. 내가 야산을 다 뒤졌는데도 병철이는 없었어. 나는 들개의 멱살을 움켜쥔 채 소리쳤다. 동시에 무언가 단단한 것이 손에 만져졌다. 자세히 보니 거칠게 엉킨 털 사이로 가느다란 목줄이 파묻혀 있었다.

나는 그것을 못 본 척했다. 들개가 유기견이었다고 해서 달라지는 것은 없었다. 나는 한 손으로 들개의 멱살을 쥔 채 다른 한 손으로는 들개 옆구리 가까이 주사기를 들이밀었다. 뜻밖에도 들개는 주사기를 피하지 않았다. 나를 물려하거나 저항하지도 않았다. 들개는 멱살이 잡힌 채로 나를 가만 바라볼 뿐이었다. 그 몸에 주삿바늘을 찔러 넣어야 하는데, 정말이지 그래야 하는데, 들개와 눈이 마주치는 순간 나는 손이 굳어버렸다.

사실 나는 병철이가 죽었다는 것을 짐작하고 있었다. 짐작했기에 이렇게라도 복수하지 않으면 견딜 수가 없을 것 같았다. 그런데 정작 눈앞의 들개를 죽일 수가 없다니. 죽이지도 못하고 놓아주지도 못한 채 울면서 들개의 멱살을 잡고 있을 때였다. 별안간 우르릉거리는 소리와 함께 지진이라도 난 듯 바닥이 흔들렸다. 정신 차려보니 집 한가운데에 주먹만 한 구멍이 뚫려 있었다. 당황한 내가 들개의 멱살을 놓고 구멍 안을 들여다보자, 그곳은 놀랍게도, 알래스카였다.

눈 내린 알래스카 한가운데서 유는 미라처럼 누워 있었다. 천장이 무너져 내리면서 흰 시멘트 가루가 유의 집 안을 온통 뒤덮은 것이다. 어떻게 된 거야? 내가 구멍을 통해 유에게 소리쳤다. 남자친구랑 헤어졌어. 유가 대답했다. 기다려, 갈게. 내가 말했다.

나는 눈앞의 들개를 바라보았다. 극도로 흥분했던 나머지 나는 숨을 고르는 데 시간이 걸렸다. 들개는 언제든 자기를 죽여도 좋다는 듯한 태도로 한쪽 구석에 엎드려 있었다. 그런 들개를 바라보다가 눈이 마주쳤다. 들개도 나도 눈을 피하지 않고 한참 서로를 바라보았다. 나는 길게 한숨을 쉬었다. 뜻대로 되는 것이 하나도 없었다.

들개를 집에 두고 유에게 가도 괜찮을까. 잠시 고민하다가 나는 들개를 데리고 가기로 했다. 들개의 목줄에 노끈을 연결하자 임시 목줄이 만들어졌다. 목줄을 만드는 동안 들개는 가만히 있었고, 완성된 목줄을 잡아끌자 의외로 순순히 몸을 움직였다. 비상계단을 통해 들개와 함께 아래층으로 내려가자, 새하얀 가루로 뒤덮인 유가 문을 열어주었다. 개를 키웠어? 유

가 들개를 내려다보며 물었다. 내 개 아니고 들개야. 내가 대답
했다.

나는 유를 소파에 앉힌 다음 무슨 일인지 물었다. 유는 남
자친구를 미행하다가 들켰다고 대답했다. 지난주 내내 유는
수면제를 먹어도 잠이 오지 않았다. 남자친구와의 연락 주기
가 점점 길어졌고, 그럴수록 유는 불안을 참기가 힘들었다. 하
루는 무작정 남자친구 집 앞을 찾아갔는데, 남자친구가 그의
또 다른 애인과 함께 있는 모습을 보고는 자신도 모르게 뒤를
쫓았다고 했다. 어쩌다 들킨 거야? 얘기를 듣던 중 내가 물었
다. 운전하다가 실수로 뒤에서 받아버렸어. 유는 그 자리에서
이별을 통보받았고, 집으로 돌아와 전처럼 천장만 바라보기
시작했다. 그러다가, 그러다가.

유는 구멍이 뚫리는 걸 알면서도 멈출 수가 없었다고 했다.
나는 괜찮다고 대답하며 유의 머리와 어깨에 쌓인 시멘트 가
루를 털어주었다. 너랑 얘기하고 싶었는데 연락이 안 되더라.
미안해. 일이 좀 있었어. 그래 보이네. 유가 들개를 보며 말했
다. 들개는 이제 유의 집 바닥에 엎드려 누워 있었다. 네 개한
테서 냄새나. 내 개 아니라니까.

우리는 소파에 나란히 앉아서 구멍 뚫린 천장을 올려다보

았다. 구멍 너머로 익숙한 식탁 다리가 보였다. 저주 인형 말이야, 하고 유가 입을 열었다. 생각해봤는데 효과가 있었던 것 같아. 남자친구가 없어졌으니까 남자친구의 애인도 없어진 거지. 유는 말하면서 가루 때문에 연신 기침을 해댔다. 나중에는 말보다 기침이 더 많이 나왔지만 둘 다 집을 청소할 생각은 하지 않았다. 온통 새하얀 것들에 둘러싸여 2인용 소파에 유와 꽉 들어맞게 앉아 있자, 나는 어쩐지 우리가 알래스카 설산의 조난자들처럼 느껴졌다. 나는 유의 어깨에 머리를 기댔다.

그동안의 일을 유에게 털어놓을까, 당장이라도 들개를 내쫓을까, 고민하고 있는데 천둥소리와 함께 천장이 한 번 더 무너져 내렸다. 놀란 들개는 벌떡 일어나서 주변을 돌아다니다가 천장이 잠잠해지자 구석으로 가서 웅크렸다. 눈처럼 하얗게 덮인 바닥에 엎드린 들개는 썰매견 같아 보였고, 시멘트 가루로 뒤덮인 트리는 언뜻 보기에 작은 빙하 같았다. 개도, 고양이도, 인간도 저마다의 생각에 잠긴 고요한 밤. 나는 모든 일을 미뤄둔 채 공중에 부유하는 흰 가루들을 바라보며 오늘 밤에야말로 6미터의 눈이 내리겠구나, 생각했다. △

풀하우스

김해슬

우리는 해파리를 보러 수족관에 함께 가기로 했다. 주말의 어느 하루, 동네를 멀리 벗어나 형광 해파리가 빛을 내며 물속을 위아래로 오가는 것을 보러 가기로 했다. 수조가 동굴 모양으로 길을 내고 있어 푸른빛으로 어둑한 수족관에 우리는 가기로 했다. 위를 올려다보면 천장을 대신한 유리 수족관이 어디까지인지 모르게 높게 뻗어 있어 마치 우리가 바다로 된 거대한 산 아래에서 투명한 산을 올려다보고 있는 것 같을 것이다. 수심을 알 수 없는 그 어마어마한 물의 산 아래서, 수심이 깊어질수록 압력이 강해지는 것을 알고 있기에, 우리는 수족관 유리의 아래쪽 경계가 얼마나 거대한 압력을 버티고 있는지를 생각하게 될 것이다.

　주말 계획을 세우던 금요일, 끝내지 못한 일들이 떠올라서 이마가 찌푸려졌고 수족관에 갈 수 없으리라는 생각이 들었다. 이불을 덮고 잠을 청하는데 이마에 무거운 추를 얹고 있는 듯 힘이 빠지지 않아서 화가 난 얼굴로 눈을 억지로 감고 있었다. 내 시간은 내가 통제하는 거야. 첫 번째 일은 평일에 더 많이 하면 되고 두 번째 일은 누가 시킨 일이 아니고 세 번째 일은 이번에는 포기하고 다음번으로 미루면 된다……. 나는 원형으로 순환하는 시간 안에서 뱅글뱅글 돌아가는 것 같지만 기다란 시곗바늘의 안쪽에 붙어 있으면 아주 작은 면적의 시간만을 살아갈 수 있고 시곗바늘의 바깥쪽으로 걸어 나가면 하루 전체를 꽉 채울 정도로 커다란 면적의 시간을 가질 수도 있다. 시곗바늘의 안쪽에 머무는 건 내가 시간을 통제하는 방식이다. 이마에 힘을 빼야 잠들 수 있는 거라고 한 직장 동료가 예전에 알려주었던 것을 기억하면서, 이마의 중심에 시계의 중심이 있고 거기서 시곗바늘이 뻗어 나오고 있다고 생각해보았다. 그래도 잠이 오지 않음. 숙면을 도와주는 작고 말랑말랑한 보라색 젤리, 하루하루 지날수록 물러지며 아래로 가라앉는 바나나.

고생대의 바다를 재현한 수족관

토요일 방문한 버제스 수족관은 고생대 캄브리아기의 바다를
재현해놓은 수족관이었다. 안내인에 따르면, 태초의 생명은
바다에서 발생했다. 뜨거운 용암덩어리에 지나지 않았던 지구
의 지표는 반복해서 내리는 비로 서서히 식어갔다. 빗물이 고
여 만들어진 바다에서 발생한 최초의 생물 남세균(시아노박테
리아)은 광합성으로 대기 중 산소의 양을 늘렸다. 산소가 녹아
든 바닷속에는 호흡을 하는 생물들이 살아가기 시작했다. 육

지는 여전히 척박했지만 바다는 수많은, 다양한, 지금으로서
는 상상할 수도 없는 생명이 번성했다. 이후에 대기 중에 충분
한 산소가 공급되고 나서야 물에서 살던 생물의 일부는 종종
육지로 나와 수륙양용 생활을 했고, 어떤 경우에는 완전히 육
지에 적응하여 살아가게 됐던 것이다.

3층 높이의 천장 위부터 우리가 서 있는 바닥까지 내려오
는 이 수조 안에는 거대한 포식자 아노말로카리스, 해면sponge
을 뜯어먹는 아이쉐아이아, 다섯 개의 눈을 가진 오파비니아,
등에 날카로운 가시들이 발달한 위왁시아 등이 있었다. 우리
는 고생대 캄브리아기 대폭발을 설명하려 하는 안내인을 따돌
리고 수조와 수조 사이에 난 작은 길에 숨어 거대한 해면동물
을 관람하고 있었다. 거대한 구형으로 뭉쳐 수조 안을 떠다니
는 해면동물에 절지동물이 부드럽게 부딪혔다. 절지동물들의

Joseph Smit(1836~1929),
"Silurianfishes"(1905).

지느러미 부근에 이름표가 함께 떠다녔다. 이들은 모두 현존하지 않는 생물들로, 오늘날의 분류학에 따른 절지동물 하위 네 그룹 중 어디에도 속하지 않는다. 이 동물들은 캄브리아기 대폭발 이후를 살았지만 진화한 다른 계통 없이 멸종했다고 한다.

우리가 동네 하천 길을 따라 산책할 때면 그 길에서 마주친 강아지들이 조심스럽게 서로의 냄새를 맡기도 했는데 우리는 그 장면을 생각하며 해면동물과 다른 동물들이 부드럽게 충돌하는, 서로를 기웃거리는 장면을 보고 있었다.

그때 안내인이 숨어 있던 우리를 찾아냈다. 안내인은 우리 디바이스의 스피커를 강제로 켠 후 자신의 안내에서 벗어나 아무 경로로나 서핑해서는 안 된다고 말했다. 안내인인 자신을 따돌리고 정해진 루트가 아닌 다른 곳을 먼저 방문하면 이 시스템 하우스의 균형이 무너진다고도 했다. 너무 지루한데 어쩌라고요. 마이크를 끄고 투덜댔다. 동행한 메리앤Mary-Anne은 시스템의 빈틈을 찾아 관람객이 자기만의 재미를 찾는 것이야말로 능동적인 경험을 가능하게 하는 주요한 요소라고 안내인에게 말했다. 하지만 안내인한테는 서버의 관리와 유지가 더 중요한 문제였다.

　　디지털 수족관에서 관람객들에게 주어진 공식 관람 경로는 '다음' 버튼을 눌러서 진행하는 하나의 직선 경로뿐이었다. 관람객은 항상 안내인을 동반해야 했다. 우리는 안내인의 음성을 꺼버리고 자바스크립트의 라인과 라인 사이에 난 오류의 틈을 따라 빠져나온 것이었다.

　　그 틈으로 나오면 기존의 관람 경로로는 볼 수 없던 측면에서 수조를 관람할 수 있었다. 안내인은 우리를 기존의 경로로 데려다 놓으며 여러 가지 경고 문구를 읊었다. 직접적으로 말하진 않았지만 그는 계속 이런 식으로 규칙을 어길 경우 그가 우리의 수족관 창을 강제 종료시킬 수 있음을 은근히 상기시켰다. 디지털 수족관이 강제 종료된다면 불쾌하고 아쉽긴 하겠지만 우리가 버스와 전철을 타고 찾아간 수족관에서 쫓겨난 것 만큼 화가 나거나 불합리한 일을 당했다고 생각될 것 같진 않았다.

우리는 다음, 다음, 다음을 클릭하며 폭발적으로 생명이 번성했다고 하는 시기의 생물들을 훑었다. 캄브리아기 대폭발은 물리적 폭발이 아니라 짧은 지질학적 시간 동안 다양한 형태의 동물 화석이 갑작스럽게 발견된바 그 연대에 다양한 생명이 폭발적으로 번성했던 일을 일컫는다. 당시를 살았던 생물의 다양성은 지금의 다양성보다 훨씬 더 폭넓었다고 한다. 당시 생명의 체제body plan는 지금의 자연계에서 볼 수 있는 동물의 체제와 상당히 이질적인 구조를 하고 있었다. 그것은 자연의 야심 찬 실험이었고, 당시의 세계와 지금의 세계가 단적으로 다른 점이라고 안내인은 말했다. 하지만 이런 동물들이 멸종해버렸다는 건 보다 폭넓은 다양성에 내려진 사형선고나 다름없었다. 이후 종은 상대적으로 제한된 규모의 다양성 내에서, 그러니까 고만고만한 선택지 내에서 오밀조밀하게 분화했다. 해서, 고생대 캄브리아기의 다양성을 강조하는 것을 운영 기조로 하는 버제스 수족관의 관람 경로는 다음을 누를 때마다 그 경이감이 줄어드는 체제로 구성되어 있었다.

다음을 누르기 싫을 때 나는 가끔 뒤로 되돌아가거나 브라우저의 개발자 모드를 이용해 웹페이지의 코드를 수정, 정방형의 수조를 중간이 오목하게 뒤틀린 터널 모양으로 만들어보거나 절지동물들의 형태를 극단적인 모양으로 바꾸어 관찰했다.

　수조 관람이 끝난 우리는 기념품숍으로 연결되었다. 바퀴벌레처럼 생긴 절지동물 키링이 주 상품이었다. 상품은 척추 중앙에 난 뾰족한 가시를 실감 나게 구현하고 있었다. 카드형으로 배열된 기념품 목록을 훑으며 스크롤을 내려 '굿즈 선택하지 않음' 카드에 체크하고('굿즈를 체크하면 관람료를 결제한 카드로 자동 결제됩니다'), 마지막인 것처럼 보이는 '다음'을 눌렀다. 완람을 축하하는 문구와 함께 아래에는 작게 배너 광고가 떴다.

> ※ 물풀하우스. 관상어, 조직배양수초 및 희귀식물 생산·판매.

　배너에는 초록색, 흰색, 노란색이 아름답게 마블링된 무늬 양파 사진이 띄워져 있었다.

무늬 양파와 프라이빗 온천

발생 측면에서 무늬종은 우연히 생겨난 변종이지만 원예가와 정원가 들의 무늬종 사랑은 유별나다. 무늬종 식물은 유전적이거나 환경적인 요인으로 일어난 색소체 변이 때문에 잎에 초록색 외에도 흰색, 노란색 등의 색깔들이 무작위로 섞여 있는 개체를 일컫는다. 중투형으로, 산반형으로 혹은 전혀 정의할 수 없는 방식으로 뒤섞인 이러한 무늬는 식물을 돋보이게 만든다. 그러나 무늬부는 엽록소의 부재로 생겨난 것이기 때문에 무늬종은 광합성을 포함한 식물의 대사가 비교적 원활하지 못하다. 무늬종은 (원종이 아니라 변종이기 때문에) 발생이 드물고 (대사가 쉽지 않기 때문에) 생장도 어려운 편이고 그 결과 번식도 쉽지 않다. 그러나 무늬종이 가진 미적 가치 때문에 대부분의 무늬종은 원종보다 고가에 거래된다.

무늬 양파 역시 상당한 고가에 거래되는 희귀식물이다. 우리가 섭취하는 양파는 줄기 아랫부분에서 채취한 열매인데, 전형성능이 있는 식물세포의 특징 때문에 기관의 일부만 남아 있어도 스스로 분화하여 나머지 기관을 만든다. 양파를 오래 보관하면 머리 부분에서 잎이 돋아 나오기도 하는 것처럼 말이다. 절단된 뿌리부가 아래로 가게 심으면 양파는 아래로는 뿌리를 내고 위로는 잎을 낸다. 그렇게 심어둔 양파의 잎에도 무늬가 발생할 수 있다는 사실이 2010년대 후반 인터넷 카페 기반 식물 커뮤니티 등지에서 퍼져나가기 시작했다. 이 사실에 흥분한 많은 원예가가 양파를 물에 담그거나 흙에 심기 시작했으나, 시중에 구입할 수 있는 식용 양파에서 무늬 양파가 자라날 확률은 여태 보고된 사례로 추적해봐도 상당히 낮았다. 무늬 잎이 났다는 보고는 5년 전 최초의 발견 이후 단 한 번뿐이었다.

나는 배너를 보자마자 전화번호를 메모지에 기록, 전화를 걸어 무늬 양파를 가지고 있는지 문의를 넣었다. 전화를 받은 남자는 무늬 양파가 무엇인지 나에게 물어보더니 몇 번의 수화기 바깥에서의 대화를 거쳐 그것을 보유하고 있다는 답을 주었다. 몇 주를 가지고 계시나요? 그거 저희 꽤 많아요.

우리는 무늬 양파를 보기 위해, 그리고 가능하다면 그것을 메리앤과 내가 함께 사는 경기도의 내 집으로 데려오기 위해, KTX를 타고 세 시간이 걸리는 물풀하우스에 방문하기로 했다.

물풀하우스 방문을 위해 나는 독서 모임 준비를 포기했고,

계획하던 공모전을 준비 하지 않기로 했으며, 담당자에게 연락하여 문제집 검수 외주 작업의 마감을 미뤘다. 또 물풀하우스 방문 비용을 충당하기 위해 중고서점에 책을 팔았고 희귀 식물 삽수를 잘라다 팔았으며 구매했던 물품에 리뷰를 달아 여행비를 조금 벌기로 했다.

마지막으로 무늬 양파를 데려올 것을 대비하여 나는 여행 가방에 몇 가지 희귀식물의 삽수, 뿌리가 난 잎꽂이 통, 씨앗 등을 챙겼다.

＊

KTX에서는 통로를 사이에 두고 메리앤과 떨어져 앉았다. 두 자리가 나란히 비어 있는데도 메리앤이 처음으로 통로를 사이에 두고 앉자고 했던 날에는 속상해서 기차가 달리는 내내 창밖만 봤지만 이제는 두 자리를 차지하고 앉아서 빈자리에 가방과 보냉백을 두고 아이패드로 머지merge류의 게임을 할 수 있게 되었다.

머지 게임은 동일한 자원을 여러 개 합쳐서 향상된 단계의 자원을 얻는 것을 제일 원칙으로 하는 게임이다. 내가 플레이한 머지 캣츠 게임에서는 털실 세 개를 합치면 고양이 한 마리가 탄생한다. 세계를 진행시키는 것은 시간이나 전략적 움직임이 아니라 동일한 위계의 자원을 셋씩 합치는 일이다. 털실이 일종의 알의 비유를 차용하지만 털실에서 고양이를 탄생시키기 위해 개개의 털실(알)에 공을 들일 필요가 없다는 것은 흥미롭다.

결합을 통해 다음 단계의 생명체를 등장시키는 법칙은 '털실→고양이'에만 한정되지 않는다. 같은 무늬 고양이 세 마리도 합칠 수 있는데, 그럼 더 통통한 고양이 한 마리가 생겨난다. 예컨대 레벨1인 고양이의 캣 파워가 1이었다면, 이 고양이세 마리를 합쳐 캣 파워 5의 레벨2 고양이를 한 마리 만들 수 있다. 새싹 세 개를 합쳐서 나무 한 그루를 만들 수도, 참치 캔세 개를 합쳐 로얄 캐닌 사료 한 포대를 만들 수 있다. 이 세계에서는 동일한 개체, 자원 세 개가 모여 향상된 개체, 자원 한개가 된다.

게임 속의 세계에서는 이종교배가 존재하지 않았다. 모든 생물은 정해진 진화의 단계를 밟는다. 고등어 무늬 고양이는 점점 더 큰 고등어 무늬 고양이가, 풀은 점점 더 무성한 풀이,

묘목은 성목이 되어간다. 나는 게임을 멈추고 캣 머지 세계에서의 진화 계통도를 그려보았다.

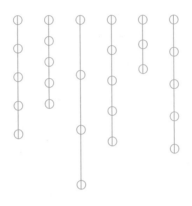

이러한 세계의 단순함은 나를 편안하게 만들어주었다. 모든 것이 선형적으로 연결되는데 모든 선이 교차점 없이 독립적으로 존재하여 이것과 저것 간에 간섭이 없는 세계. 해결할 수 없을 것만 같은 문제가 주어지면 나는 문제들의 순서를 정돈하고 이정표가 되는 결절점을 구성하려고 애썼다. 그리고 한 번에 한 점에 대해서만 생각할 수 있도록 안간힘을 썼다. 앞의 점과 뒤의 점을 왔다 갔다 하면서 언젠간 점과 점 사이에 있는 선이 매끄러워지기를 기다리면서. 설거지하기 싫을 때, 청소하기 싫을 때, 요리하기 싫을 때, 일하기 싫을 때, 오늘을 살기 싫을 때, 부업하기 싫을 때, 기획하기 싫을 때, 생각하기 싫을 때, 자기 싫을 때⋯⋯.

오늘 늦잠을 잔 메리앤은 기차에서 낮잠을 자고 있었다. 메리앤은 어젯밤 내게 자신은 물풀하우스에 가는 것을 몹시 고대하고 있노라고 말했다. 우리는 얼마 전 고양이를 기르는 문제로 집주인과 큰 싸움을 벌였고 결국 패배하였다. 우리는 오랫동안 고양이를 기르기 위해 준비했고 우리와 함께 살 고양이와 그를 만날 날짜까지 모두 정해놓았었다. 메리앤은 한동안 우울감에 젖어 지냈다. 고양이를 기르지 못할 바에는 아무것도 기르고 싶지 않다고 말했지만 얼마 지나지 않아 메리앤은 새우를 기르고 싶다고 했다. 물풀하우스는 관상용 물고기나 새우를 파는 곳인 것 같은데. 거기 가서 내 방에 둘 새우를 데려와야겠어.

우리는 온천에 묵기로 했다. 메리앤은 잠들기 전 우리가 예약한 프라이빗 온천에 대해 말해주었다.

가장 큰 침실 옆으로 난 작은 미닫이 유리문을 열고 나가면 조약돌이 깔린 길을 따라 20미터를 걸어서⋯⋯ 양쪽에는 대나무가 그늘을 드리우고⋯⋯ 약 1.4평 크기의 삼각형 욕조⋯⋯ 온천물을 받을 수 있는⋯⋯ 탄산으로 가득한! 나트륨과 규소, 탄산수소염이 풍부한 청량하고 부드러운 온천물에 몸을 담글 수 있게 될 거야.

물풀하우스

세계는 칼로 껍질을 열기만 하면 되는 굴이다

물풀하우스로 입장하는 정문 오른쪽 귀퉁이, 나무판에 이런 구절이 새겨져 있었다. 의지만 있다면 세계로부터 얼마든지 원하는 것을 얻어낼 수 있으리라는 뜻의 격언. 셰익스피어의 〈윈저의 유쾌한 아낙네들〉에서 따왔다는 각주가 달려 있었다. 나는 어렸던 내게 세계가 그런 식으로 펼쳐져 있을 것이라고 자주 말하곤 했던 한 선생님을 떠올렸다. 선생님은 내가 하고 싶다고 한 일을 내가 곧 해낼 수 있을 것이라고 했고 그렇게 되면 자기에게 어떤 방식으로든 연락을 해달라고 말했다. 하지만 그 일을 이루기까지는 몇 년의 시간이 필요할 것 같았고 아직도 그 일을 해내지 못한 나는 선생님에게 연락을 할 수 없었는데 몇 년이 지나자 전혀 다른 상황, 전혀 다른 환경에서 그때와는 전혀 다른 바람을 가지고 살뿐더러, 선생님을 만나지 않은 지도 오래되어서 설령 내가 그 일을 이룬다고 하여도 그에게 연락을 할 수 없게 되었다.

굴? 칼로 껍질을 열 수 있는? 나는 기분이 나빠서 문을 열지 않고 문 앞에 서서 한동안 나무판을 바라보았는데 그러면서도 저 문구를 어딘가 새겨서 부적처럼 몸에 지니고 다니고 싶다는 바람을 가지게 되었다. 그것은 옅은 연기처럼 피어오르다가 점점 밀도 높게 뭉쳐져 작은 쪽지 정도의 크기가 되어 주머니로 들어왔다. 나는 선뜻 그 쪽지를 버릴 수 없었다. The world is your oyster. The world is your oyster.

물풀하우스의 문을 열고 들어가자 광대한 공간이 눈앞에 펼쳐졌다. 눈을 돌리는 곳마다 물풀로 가득 찬 유리 수조가 있었다. 어류나 해파리·산호류 같은 자포동물, 게나 새우 같은 절지동물이 물풀 사이를 헤엄치고 있었고 물을 공급하는 호스와 산소를 발생시키는 기포발생기가 수조 바깥에서부터 연결되어 있었다.

우리가 작년에 꽃시장의 수조 코너에 갔을 때는 죽은 물고기들이 배를 내보이며 어항 물 위를 떠다니고 있었다. 우리는 텅 비어 있던, 손님도 없고 주인조차 자리를 비운 수조들을 빠른 걸음으로 돌아보면서 어서 이 모든 길을 통과해서 바깥으로 나갈 수 있기만을 빌었다. 우리는 죽음으로 가득했던 그 장소가 지금 이곳의 폭발적인 생명력과 어느 정도의 유사하다는 생각에 잠겼다.

수조와 수조 사이에는 좁은 길이 나 있었다. 이 길들은 도무지 어디서부터 시작해야 이 모든 것을 중복하지 않고 둘러볼 수 있는지 알 수 없도록 설계되어 있었다. 이곳은 누군가 '관람'하러 오도록 꾸며놓은 곳이 아니라 그저 이 물풀들을 살아 있게 하는 데만 관심이 있는 장소 같았다.

메리앤은 부레옥잠이 담겨 있는 거대한 양동이 뒤쪽으로 새우를 보러 가겠다고 했다. 나는 들어온 곳에 정지해 한붓그리기의 규칙처럼 같은 곳을 두 번 가지 않고 모든 길을 지날 수 있을지, 그러기 위해 먼저 어디로 가야 할지 고민하고 있었다.

그때 멜빵바지를 입고 챙이 큰 모자를 쓴 수족관 관리인이 다가와 내게 찾는 것이 있냐고 물었다. 나는 찾는 것이 있긴 한데 우선 그전에 이곳 전체를 둘러보고 싶다고 말했다. 그는 이곳을 다 둘러보는 게 간단한 일은 아닐 거라고 말했다.

물풀하우스에는 나와 메리앤, 관리인 말고도 몇 명의 사람들이 있었지만 넓은 공간을 다 채울 만큼은 아닌, 하지만 10분에 한 번씩 수조 사이에서 누군가를 마주칠 만한 정도는 되는 방문객이 있었다. 누군가를 마주치면 한 사람은 반드시 뒤로 돌아가야 할 만큼 길은 좁았다. 미로에 갇힌 사람처럼 고개를 들어보면 다른 방문객들의 머리가 수조와 수조 사이로 드문드문 보였다.

아, 그런데 무늬 양파가 여기에 있다고 들어서요.

아. 그럼 원하시는 만큼 둘러보시고 나서, 이따 직원들에게 물어 저를 찾아오십시오.

관리인은 내 대답을 듣지 않고 뒤로 돌아 걸어갔다. 막상 그가 이곳을 둘러보라고 하자 나는 조금 초조해졌다. 당황한 채 뒤돌아 멀어지는 그의 뒷모습을 보면서 그의 몸의 비율과 크기를 눈으로 측정해 보았다. 어깨, 목, 등, 허리, 엉덩이, 허벅지, 종아리, 발목. 그의 몸은 아주 커 보였지만 그가 막상 내 옆에 섰을 때 나보다 눈높이가 아래에 있었던 것을 생각하면 그의 몸의 비율은 어딘지 모르게 조금 독특한 방식으로 변형·조정되어 있는 것 같았다.

나는 발걸음을 옮겨 이곳을 둘러보려 했지만 아무런 안내 없이 이곳을 돌아다니는 게 문득 두려워졌다. 메리앤을 다시 찾고 싶었지만 내가 소리를 크게 내서 메리앤, 메리앤 불러보아도 메리앤이 같은 공간에 있는지조차 확신할 수 없을 만큼 아무 대답이 없었다. 다만 수조 사이로 난 길을 따라 떠다니는 몇 개의 머리들만 내 쪽으로 고개를 돌리곤 했다.

나는 좁은 통로 사이로 어깨를 구겨넣고 걸어가는 관리인의 뒤를 따라가기로 했다. 50미터의 거리를 두고 그를 뒤따랐다. 가방에 챙겨온 아미드리움 실버 삽수, 베고니아 운난 잎꽂이, 필로덴드론 글로리어섬 씨앗을 만지작거리면서. 언제라도 이것들을 꺼내서 내밀 수 있도록. 그리고 현금도 같이……. 메리앤이 옆에서 불쑥 나타나 넌 모든 걸 다 돈으로 해결하려고 하네, 할 것 같았지만 메리앤은 계속 없었다.

나는 어항에 집중하지 않고 길에만 집중하며 달렸지만 이 길을 달리다 보니 자연스레 이 길을 내고 있는 수조들이 시야에 들어왔다. 해파리들이 어둠 속에서 밝게 빛나며 물풀 사이를 오르내리고 있었다. 수조가 아주 거대하지는 않았지만 내 키보다 약간 큰 정도여서 산만큼 거대하지는 않아도 작은 언덕만큼의 높이라고는 할 수 있었다. 수조의 상단 부분이 그저 비어 있는 것이 아니라 다양한 구조물로 채워져 있어 바닥부터 천장에 다다르기까지 작은 물고기들이 위아래로 오르내리며 물풀 사이를 스쳤다.

코너를 돌 때 수조 앞에 쪼그려 앉아 새우를 보고 있는 메리앤을 발견했다. 메리앤에게 나와 같이 온실로 가자고 말했다.

관리인은 바깥으로 나가는 쪽문을 열고 몸을 구부려 나갔고, 우리는 그를 뒤따랐다.

풀하우스Full House

가장 큰 수조 옆으로 난 작은 미닫이 유리 쪽문을 열고 나가 조약돌이 깔린 길, 양쪽에는 대나무가 드리운 길을 따라가자 유리로 된 온실이 있었다.

물풀하우스보다는 조금 좁지만, 그리고 물이 고여 있는 수조는 없었지만 식물로 찬 온실은 물풀하우스와 달리 고요한 느낌을 자아내고 있었다. 드문드문 보이던 사람조차 없었다. 우리는 조심스럽게 그곳을 둘러보기 시작했다. 각 식물의 자생지에 따라 공간이 구획되어 있었고, 구역별로 특정한 온도와 습도, 광량과 풍량을 유지해주는 엄격한 기술적 관리망이 작동되고 있었다. 열대식물이 자라는 곳은 온대식물이 자라는 곳보다 따뜻하고 습도가 높았다. 폭포나 호수가 조성되어 있어서 습도를 유지하는 데 도움을 주었다. 물가에 가니 서늘한 기운이 들었는데 그 주변에만 에어컨이 가동되는 것 같았다. 난방, 냉방의 시스템, 천장에 매달려 바람을 일으키는 거대한 팬들, 습도를 유지해줄 폭포들, 그 공간 내에서 습도를 균일하게 만들어줄 여러 순환 시스템.

이 넓고 아름다운 곳에 아무도 없이 우리만 있으니 좋았다. 멀리 왔지만 이곳이 새로운 집처럼 느껴졌다. 우리는 겉옷을 벗고 걸었다. 햇빛이 나그네의 옷을 벗긴 것처럼 습도가 우리 옷을 벗게 하였다.

타오르는 불같은 식물, 세 자루의 몽둥이 같은 식물, 거대한 용처럼 땅을 기어다니는 식물, 바위틈에 숨어 있는 엄지손톱만 한 식물, 바나나 열매를 달고 있는 식물, 따가운 바늘처럼 지나가는 사람을 찔러대는 식물…….

이 모든 식물이 우리에게 말을 거는 것처럼 보였고 우리와 놀자고 손을 흔드는 것처럼 보여서 우리는 마음껏 식물의 잎을 만지고 냄새를 맡았다. 어떤 식물은 너무 뾰족해서 아무렇게나 손을 댈 순 없었지만 적어도 가시의 질감을 조심스럽게 시험해볼 수 있었다. 물속에 있는 식물들은 물속에 갇혀 만지거나 다가갈 수 없었지만 온실의 식물들은 그렇지 않았다.

처음에는 이곳 어딘가에 무늬 양파가 있을 거라고 생각했다. 나는 난생처음 보는 식물들의 형태에 놀라면서도 혹시 그 옆에 조그맣게 심긴 무늬 양파가 없는지 기웃거렸다. 하지만 이곳을 둘러볼수록 무늬 양파 말고도 곁에 두고 보고 싶은 식물들이 더 많아졌고 그 목록이 길어질수록 이 목록을 하나하나 채우는 일은 중요하지 않다고 어렴풋이 생각하게 되었다. 내 소망은 조금씩 형태를 바꾸어갔는데 이제는 무늬 양파 하나가 아니라 이 공간 전체를 중요한 것으로 인식하게 되었고 이러한 공간을 가지는 것이야말로 정말 중요한 일이 아닐까, 아니 꼭 가지지는 않더라도 이러한 공간과 어떤 관계를 맺을 수 있다면 내가 빼앗겨야만 한다고 느꼈던 시간들에 대해서도 좀 더 너그러울 수 있지 않을까, 생각하였다.

낮은 화단에 나 있는 계단에 앉아 휴식을 취하고 있을 때 전정가위를 들고 있는 관리인이 커다란 올리브나무 뒤쪽에서 우리를 발견하고 인사했다. 그를 보자 이곳에 들어오는 것에 대해 누구에게도 허락받지 않았다는 생각이 비로소 떠올라 앉아 있던 계단에서 엉덩이를 폴짝 했지만 물풀하우스와 달리 유리온실은 관람객을 배려하는 방식으로 길이 나 있었고 그런 곳에서 산책을 즐겨 마음이 편안해진 우리는 관리인이 크게 질책할 것 같지는 않다고 믿으며 인사를 되돌려주고 이곳에 들어온 것에 대해 변명하지 않았다.

　나는 버제스 수족관을 통해 이곳을 알게 되었다고 말했다. 관리인은 무늬 양파 사진을 올려놓은 데가 거기뿐이라 그럴 줄 예상했다고 말했다. 자신을 닝닝이라고 소개한 관리인은 버제스 수족관의 관람 경험에 대해 자세히 묻기 시작했다. 왜 거기에 접속해보게 되었나요? (수족관에 가보고 싶었는데 시간이 없어서 못 가니 인터넷으로 검색해보다가 접속하게 되었습니다.) 관리가 잘되고 있는 것 같던가요? (안내인이 엄격하긴 하던데요.) 재미있었나요? (지금은 없는 동물들을 볼 수 있다는 점은 확실히 좋았습니다.) 관람 순서가 어떻던가요? (뒤로 갈수록 재미가 없었는데 일부러 그렇게 꾸며놓았다고 하니 웃기기도 하고 조금 어이없었습니다.)

　나와 메리앤이 번갈아가며 그의 질문에 답할 때마다 그는 무척 즐거워하며 웃었고 오랜 친구와 만나 이야기하는 것처럼 한마디 한마디를 반갑고 기쁘게 받아들였다. 근데 사장님은 그 수족관이랑 무슨 관계인가요? 닝닝은 자신이 버제스 수족관의 구 운영자 굴드의 절친한 친구라고 했다. 굴드가 작년 가을에 죽은 후 닝닝이 그곳의 공식적인 관리자로 임명되었는데, 원래 일하는 친구들이 계속 일하고 있고 그들이 알아서 운영하기 때문에 제가 별로 할 일은 없습니다,라고 닝닝이 말했다.

닝닝은 오래전부터 물풀하우스를 운영해왔고 같은 업종의 사람들이 모인 커뮤니티에서 굴드를 알게 되었다고 했다. 비록 굴드는 수족관을 운영하거나 하지 않았지만 아마추어 진화학자이자 수생생물 마니아였기 때문에 수족관 사장님 모임에 항상 자연스럽게 끼어 있었고 그중에서도 꽤나 규모가 큰 곳을 운영하는 닝닝의 물풀하우스에 자주 놀러와 세밀화를 그리거나 산책을 했다고 했다. 굴드의 작은 소망 역시 노년에 이런 수족관을 운영하는 것이었지만 그는 평일에는 종일 회사에 나가 있는 평범한 직장인이었다. 대신 그는 은퇴 후 버제스 수족관을 운영하며 종종 닝닝과 교류했다.

관리인은 친구에 대해서 몇 마디를 덧붙였다. 아마추어 진화학자였던 굴드는 고대에는 비교적 단순하고 하등한 생물들만 살았다는 학계의 통념을 경멸했고, 오히려 우리가 경험해보지도 못한 먼 과거, 정확히는 고생대 캄브리아기야말로 인간으로서는 상상도 하지 못할, 그리고 영영 경험해보지도 못할 다양한 생명체들이 번성했던 때라는 신념을 가지고 살았다고 했다. 그는 그 증거가 남아 있는 버제스 혈암Burgess shale의 이름을 따 디지털 수족관의 이름을 지었다.

닝닝은 그의 의견에 모두 동의하지는 않았고 물질적인 증거에 집착하는 굴드가 일종의 물신주의에 빠져 있다고 생각했지만 역시 물속에 들어 있는 생물들을 보면서 기억 속을 더듬는 일을 좋아했다고 말했다. 자신을 감상주의자라고 칭한 그는 물속에 있는 것들은 한 겹 코팅되어 있는, 손을 적시지 않고 바라볼 수 있는, 하지만 그 어떤 실체보다도 경이로운 것이라고 믿고 있었다.

하지만 그는 최근에는 수족관보다 온실에서 더 많은 시간을 보낸다고 했다.

관리인 휴게실 뒤에 있는 조직배양실에서 무늬 양파를 만날 수 있었다. 그는 자신에게 소중한 것들을 이 방에 모아두고 있다고 설명하였다. 10×10 배열로 놓인 무늬 양파는 선택받은 식물의 특별함을 뽐내고 있었다. 100개의 무늬 양파 뒤로는 암막 커튼이 드리우고 있었고 닝닝은 우리를 그 안으로 안내했다.

그 안에는 해파리 수조가 있었다. 수조 속 해파리의 신체는 조명 때문에 형광빛으로 빛나 보였다. 해파리는 수족관 안에 빽빽한 밀도로 존재하면서 등불처럼 빛났다. 나는 이 공간과 관계를 맺고 싶다고 생각하기 전, 무늬 양파를 집으로 데려오고 싶다고 생각하기 전, 가장 처음 내가 해파리를 보고 싶어 했던 것을 떠올리며 풀하우스에서는 모든 것이 우회된 방식으로만 이루어지고 있다고 생각하게 되었다.

해파리를 보며 육상생물이 진화하기 이전 모든 생물은 바다에서 생활했다는 사실을 생각했다. 아주 오래전의 과거를 상상하다 보니 나는 시간이 지날수록 내가 물러지고 흐물흐물해지는 방향, 나와 바깥을 구분 짓던 강한 경계들이 점점 흐려지는 방향으로 움직이는 것 같았다. 반면 무늬 양파를 보았을 때 나는 이 특별한 식물에 오랜 시간 몰두하게 되리라는 사실을 알 수 있었는데, 그럴수록 무늬 양파가 내게 더 또렷한 정체성을 가지고 다가올 것이라는, 그래서 흐릿하고 경계가 없는 시간 감각에서 나를 멀어지게 할 것이라는 예감이 들었다.

닝닝은 내게 무늬 양파가 필요하냐고 물었고 나는 혹시 해파리를 가져가서 키울 수도 있는지 물었다. 닝닝은 곤란해하며 해수에 관한 이해가 없으면 해파리를 키우기는 어려울 것이라고 말했다. 나는 내가 이곳에 오기 위해 어렵게 시간을 냈기 때문에 여기를 다시 찾아오기는 힘들 것이라는 사실과, 무늬 양파에게 집중하는 일처럼 어느 한 가지에만 몰두할 시간은 이미 다른 일들로 충분하다는 점을 강조하며, 만약 해파리를 데리고 갈 수 있게 된다면 그 해파리를 통해 버제스 수족관의 풍경과 굴드의 믿음 그리고 물풀하우스를 긴밀한 연관 속에서 떠올릴 수 있을 것 같다고 설득했다. 망설이던 닝닝은 그런 상황이라면 자신이 생각하기에도 나에게 필요한 건 무늬 양파보다는 해파리인 것 같다고 말했고 수족관에 갈 수 없을 때 해파리를 보면 시간과 공간에 대해 아주 다른 감각을 가질 수 있을 것이라고도 했다. 닝닝에 따르면 여기 있는 해파리는 단년생이고 이미 6개월 이상을 살아왔기 때문에 수조를 준비해 두어 마리를 담아줄 수는 있지만 아주 오래 살지는 못할 것이고 가정집에서 관리를 해주기 위해서는 복잡한 절차를 따라야 했다. 그 절차는 순서대로 정리된 프로토콜처럼 단순하게 따를 수 있는 것이 아니라, 여러 번의 시도와 시험, 측정과 오류를 거듭해야 하는 것이라고 말했다. 나는 닝닝에게 그 절차를 알려달라고 했고 필요한 물품은 택배로 구매할 수 있냐고 물었다. 닝닝은 한동안 망설였지만 그러겠다고 했다.

닝닝이 해파리 수조와 해파리가 들어갈 물, 이후에도 그 물을 제조하기 위한 소금과 해파리를 위한 먹이 등을 준비하는 동안 나는 그에 대한 대가로 삽수를 물병에 꽂고 씨앗을 축축한 솜 위에 올려두고 뿌리가 난 잎꽂이를 알맞은 기후 구역의 빈 땅에 심어주었다.

*

해파리 수조를 옆에 세워두고 아무런 조명도 해파리에게 비치지 않은 채로 해파리를 바라보면서 온천물에 몸을 담갔다. 따뜻한 물에 몸을 담그고 싶으면 목욕탕에 가면 되지 온천을 가야 하는 이유가 뭐야? 메리앤에게 물었다. 메리앤의 설명에 따르면 온천은 지구 맨틀의 대류로 인해 데워진 물들을 끌어 올린 것인데 다량의 이온이 녹아 있다고 했다. 이 이온들은 맨틀의 성분들이 물에 녹아 나온 것으로, 공기 중에 있을 때는 우리에게 아무 영향을 주지 못하고 흩어져버리지만 물에 함유되어 있으면 우리의 피부나 머리카락, 손발톱의 형태에 직접적인 영향을 준다고 하였다.

닝닝이 보기에 물과 수생생물들은 마음껏 바라볼 수 있어도 결국엔 관계를 맺지 않아도 되는 것이었지만 우리가 몸을 담근 온천물이 직접 우리 몸에 영향을 미치는 걸 보면 그의 생각이 모두 맞는 것은 아니라고 메리앤은 말했다. 나는 내가 수

행해야 하는 물 관리의 복잡한 절차에 따라 해파리의 생사가 쉽게 결정될 수 있다는 사실을 생각하였고 그런 번거로운 절차에도 불구하고 해파리의 움직임이 생각하게 하는 탄생 이전까지 거슬러 올라가는 과거의 시간들, 그 시간이 나를 변하게 해줄 거라는 혹은 영원히 그러지 못할 거라는 기대감 속에서 내가 안전하게 머물 수 있다고 믿었다.

뜨거운 물에 몸을 담가서 얼굴이 뜨거워졌고 땀을 많이 흘렸다. 물속이라서 땀이 흐르는지조차 몰랐는데 점점 기운이 빠지고 어지러워졌다. 메리앤에게 물을 마시고 싶다고 하고 작은 삼각형 욕조를 나왔다. 수건으로 몸을 두르고 조약돌 길을 걸어가는데 여전히 탕 안에 앉은 메리앤이 내게 목 아래부터 발끝까지 온몸이 빨갛다고 했다. 반면 메리앤은 해파리가 자기만의 물속에서 투명하고 푸르스름하게 헤엄치고 있는 것처럼 투명하고 푸르스름하게 변한 채 온천 속에 잠겨 있었다. 나는 그런 모습을 뒤돌아보며 조약돌이 깔린 길을 따라 걸어갔다. △

함께 읽은 책

스티븐 제이 굴드, 《원더풀 라이프》, 김동광 옮김, 궁리, 2018.
스티븐 제이 굴드, 《풀하우스》, 이명희 옮김, 사이언스북스, 2002.
이은주, 《온천, 천탕천색의 매력에 몸을 담그다》, 지성사, 2021.

바이킹의 탄생

윤치규

스웨덴에 가본 적도 없으면서 스웨덴어를 전공으로 선택했던 이유는 일단 수능 점수가 그 정도 나왔고, 성실하기만 할 뿐 평균 이상의 재능을 갖지 못한 사람은 차라리 희소한 학과를 선택하는 게 인생에서 유리할 수 있다는 담임선생님의 조언 때문이었다. 규영은 고등학교 때까지 딱히 특기라고 내세울 만한 게 없었다. 대학에 들어가 처음 배운 스웨덴어는 다른 사람과 구별될 수 있는 어떤 변별적 특성을 갖게 해주었다. 스웨덴어를 할 줄 안다는 것만으로도 규영은 유일하면서도 특별한 존재가 된 기분이 들었다. 그리고 그것은 스무 살이 되고서야 처음으로 느껴본 전혀 새로운 감각이었다.

입학식 전날 규영은 밀리오레에서 옷을 한 벌 샀다. 나름대로 개성을 드러내고 싶어 카키색 카고바지와 와인색 브이

넥 니트를 골랐다. 하지만 입학식에 정장을 입어야 한다는 정체불명의 문자 메시지를 받았고 규영은 고민 끝에 장례식장에 갈 때나 입던 검은색 정장을 꺼냈다. 그건 당연히 거짓말이었고 그날 정장을 입고 온 신입생은 규영과 민형뿐이었다. 그 일을 계기로 규영은 민형과 쉽게 친해질 수 있었다. 규영은 동기 중에 자기만큼이나 어리숙한 사람이 한 명 더 있어서 정말 다행이라고 생각했다. 만약 혼자서만 정장을 입고 왔다면 심각하게 자퇴를 고민했을지도 모른다.

규영과 민형은 여러 면에서 닮은 구석이 많았다. 둘 다 경기도 출신이고 예비 번호를 받았다가 추가로 합격했으며 스웨덴어과를 선택하기 전까지는 스웨덴에 대해 아무것도 몰랐다는 게 비슷했다. 사실 규영은 모든 사람이 자신처럼 수능 점수에 맞춰 학과를 선택하는 줄 알았다. 하지만 동기 중에는 외교관이나 주재원의 자식도 있었고, 부모가 무역회사를 운영하고 있다거나 유학과 이민을 준비 중인 친구도 있었다. 물론 아스널에서 뛰는 융베리를 좋아해 지원했다는 단순한 녀석도 있었지만 적어도 그들은 스웨덴이 어디에 있고 어떤 나라인지 분명히 알고 있었다. 그런 동기들 사이에서 규영과 민형은 스웨덴을 가끔 스위스라고 잘못 말해 비웃음을 사곤 했다.

규영이 1학년 때부터 과대표를 자진해서 맡으며 학과 활동에 열을 올리고 유난히 성적 장학금에 집착했던 건 그런 열등감도 한몫했다. 다른 동기들과 시작부터 벌어진 차이를 남다른 노력과 열정으로 메워야 할 것 같았다. 그런 점마저도 민형은 규영과 비슷했다. 민형은 규영만큼이나 주어진 일에 진지하고 열심히 하는 성격이었다. 규영은 무언가를 진지하게 열심히 하고 싶을 때 정말로 진지하게 열심히 하는 사람이 옆에 있으면 굉장히 반가웠다. 규영은 민형 덕분에 열심히 하는 게 부끄럽지 않을 수 있었다. 물론 열심히 하는 게 절대로 부끄러운 일은 아니지만, 규영은 왜인지 가끔 그런 게 부끄러워질 때가 있었다.

그런 부끄러움은 북유럽 사회와 문화의 이해라는 수업을 들을 때도 느낀 적이 있었다. 전 학년 공통필수 과목이었고 리포트를 백 장 이상만 쓰면 좋은 학점을 주는 것으로 유명한 수업이었다. 하지만 소문이 너무 퍼지고 모든 학생이 리포트를 백 장씩 쓰자 규영이 수강했던 학기부터 교수가 매수를 제한해버렸다. 규영은 좋은 학점을 받고 싶은데 남들과 똑같은 분량으로 리포트를 썼을 때 어떤 차이를 드러낼 수 있을지 자신이 없었다. 그래서 고민하다가 그냥 리포트를 백 장 넘게 써버렸다. 비록 매수 제한을 어겼지만 교수는 규영에게 만점을 주었다. 그리고 민형도 똑같은 방법으로 그 수업에서 만점을 받았다.

같이 수업을 들은 동기들과 선배들은 규영과 민형을 비난했다. 규영은 겉으로는 미안하다고 사과하면서도 속으로는 이제 그 수업을 듣는 모든 사람이 다시 리포트를 백 장씩 쓰게 될 거라고 확신했다. 하지만 그런 일은 벌어지지 않았다. 또 다른 만점자였던 지원 선배 때문이었다. 지원 선배는 리포트 자체를 아예 쓰지 않았다. 대신 발표 영상을 직접 카메라로 찍어 USB에 담아 제출했다. 교수는 대학원 조교의 도움을 받아 USB를 노트북에 연결해 코덱까지 설치해가며 과제를 확인했다. 다들 좋은 학점 받기는 어려울 거라고 예상했는데 놀랍게도 만점이 나왔다. 그러자 다음 학기부터는 모든 학생이 리포트 대신 동영상을 제출하기 시작했다.

그때 당시 스웨덴어과에는 무엇이든 바이킹이라는 단어를 붙이는 게 놀이처럼 번져 있었다. 좋거나 멋진 것에도 저거 진짜 바이킹이네,라고 칭찬했고 이상하거나 우스꽝스러운 걸 봤을 때도 이거 완전 바이킹이고만, 하며 낄낄거렸다. 다들 바이킹이 정확히 어떤 의미인지는 몰라도 뉘앙스로 대충 알아들었다. 그런 이상한 놀이가 유행하게 된 건 지원 선배의 말버릇 때문이었다. 지원 선배는 세상의 모든 것을 바이킹과 바이킹이 아닌 것으로 구별할 수 있었다. 그것은 어떤 기준이 명확히 있는 듯하면서도 모순되는 경우가 많았고 가끔은 그냥 아무거나 갖다 붙이는 것 같기도 했다.

예를 들어 지원 선배는 노벨은 바이킹이지만 에디슨은 바이킹이 아니라고 했다. 마르크스는 바이킹이지만 레닌은 바이킹이 아니었고, 이소룡은 바이킹이지만 성룡은 바이킹이 아니었다. 그 외에도 갱스터 힙합은 바이킹이었고 감성 멜로디 힙합은 바이킹이 아니었으며, 순풍산부인과는 바이킹인데 논스톱은 바이킹이 아니었고 심지어 홍대에 있는 프리모바치오바치의 빠네파스타는 바이킹이지만 신촌 쏘렌토의 카르보나라는 바이킹이 아니었다. 마찬가지 논리로 민형은 바이킹이지만 규영은 바이킹이 아니었다. 규영은 언제나 그 이유가 궁금했다.

지원 선배는 규영이 마땅하다고 믿는 어떤 규범이나 기준 같은 것을 스스럼없이 깨뜨리는 일종의 파괴자였다. 질문이 있으면 손을 드는 게 규영에게는 상식이었는데 지원 선배는 질문할 때 절대 손을 들지 않았다. 한번은 스웨덴 총리가 학교에 방문한 적이 있었다. 오전부터 경호원이 찾아와 강연장을 점검했고 어쩌면 저격수가 배치될 수 있다는 소문까지 돌았다. 학과장은 총리에게 질문할 학생으로 규영을 포함한 몇 명을 미리 정해두었다. 먼저 건넬 인사말과 중간에 섞을 농담까지도 사전에 지도해주었다. 한 시간 남짓한 강연이 끝나고 예정대로 질의응답 시간이 이어졌을 때 규영은 손을 들어 총리의 지목을 기다렸다. 그런데 지원 선배가 갑자기 자리에서 일어나더니 지목받지도 않았는데 큰 목소리로 먼저 물었다. 스웨덴이 복지 선진국인데도 청년 자살률이 세계 최고인 이유에 대해 어떻게 생각하느냐고. 그때 당시 학과장의 표정은 정말 좋지 않았다. 믿을 수 없다는 것처럼 고개를 떨구고 몇 번이나 가로 저었다. 사회자 겸 통역을 맡았던 부교수가 끼어들어 질문이 있으면 손을 들어달라고 부탁했다. 하지만 지원 선배는 자리에 앉지 않고 유창한 스웨덴어로 다시 한번 말했다. 스웨덴은 바이킹의 후예라고. 바이킹은 질문할 때 손 같은 걸 들지 않는다고. 다행히 총리가 웃음을 터뜨렸고 수교가 끊긴다거나 지원 선배가 저격당하는 비극은 벌어지지 않았다.

스웨덴어과 안에는 공식적으로 세 개의 학회가 존재했다.

여름에는 산에 오르고 겨울에는 스키를 타는 체육분과 '노르딕', 북유럽 전통 옷을 입고 합창하며 춤을 추는 음악분과 '스톡홀름' 그리고 안데르센 동화를 연구하고 연극 공연도 하는 예술분과 '휘게'. 스웨덴어과 학생은 아웃사이더가 아니라면 대부분 셋 중 한 군데에는 속해 있기 마련이었다. 그중에서도 학과 생활을 열심히 하는 학생은 두 군데씩 가입하기도 했는데 규영과 민형은 무려 세 군데에 모두 소속되어 있었다. 정확히 말하면 민형은 세 군데가 아니라 네 군데였다. 민형은 지원 선배가 만든 비공식 학회 '뇰라'에서도 활동했다.

'뇰라'가 추진했던 활동 중에 가장 유명한 건 바로 '반얀테 운동'이었다. 전통적으로 스웨덴어과의 신입생은 오리엔테이션 때부터 스웨덴의 국가와 더불어 얀테의 법칙이라는 것을 배운다. 흔히 보통 사람의 법칙이라고도 부르는 얀테의 법칙은 덴마크 출신 작가의 소설에 나온 얀테라는 마을에서 유래했고 내용은 다음과 같다. 넌 남보다 더 특별하지 않다. 넌 남보다 더 좋은 사람이 아니다. 넌 남보다 더 똑똑하지 않다. 넌 남보다 더 낫지 않다. 넌 남보다 더 많이 알지 못한다. 넌 남보다 더 중요하지 않다. 넌 남보다 잘하지 못한다. 넌 남을 비웃을 수 없다. 넌 남에게 아무것도 가르칠 수 없다. 남들은 널 신경 쓰지 않는다.

신입생 오리엔테이션 때 후배들에게 얀테의 법칙을 가르친다는 건 꽤나 영광스러운 기회였다. 매년 학과장이 직접 임무를 주었고 규영은 2학년 때 그 역할을 맡게 되었다. 원래는 민형도 유력한 후보였지만 과대표를 맡으면서 자연스럽게 규영으로 정해졌다. 규영은 오리엔테이션 며칠 전부터 신입생 때 배웠던 방식을 떠올리며 나름대로 열심히 준비했다. 국가는 한 소절씩 따라부르게 시키고 얀테의 법칙은 물려받은 궤도를 이용할 생각이었다. 그런데 막상 당일에 민형으로부터 담당이 바뀌었다는 통보를 받았다. 얀테의 법칙은 지원 선배가 가르치게 되었고 규영은 저녁때 예정된 장기 자랑의 사회를 맡아야 한다는 것이었다.

그날 지원 선배는 아무것도 모르는 신입생들에게 얀테의 법칙을 정반대로 뒤집어서 가르쳤다. 너는 누구보다 특별하다. 넌 누구보다 좋은 사람이다. 넌 누구보다 똑똑하다. 넌 누구보다도 나은 사람이다. 넌 누구보다 많이 알고 있다. 넌 누구보다 중요하다. 넌 누구보다 잘한다. 넌 누구든지 비웃을 수 있다. 넌 누구든지 가르칠 수 있다. 모든 사람이 너를 아낀다. 교육의 효과인지는 모르겠지만 그해 신입생은 유난히 자기주장이 강해서 선배들과 자주 부딪혔고 해오름식이나 정기총회 같은 학과 행사를 전혀 중요하지 않게 여겼다. 규영이 단체 티셔츠 구매를 위해 돈을 걷으려고 하자 그런 걸 꼭 사야 하냐고 따졌고 몇 명은 아예 사지 않겠다고 거부하기까지 했다. 규영은 나름대로 이게 학과의 전통이고 매년 하던 거라고 설명했지만 후배들은 이해하지 못했다. 결국 규영은 단체 티셔츠를 사지 못했고 그 결정으로 4학년 과회장에게 불려가 크게 혼났다.

반얀테 운동이 학과장에게 들통나면서 민형과 지원 선배는 특별 장학금 추천 대상에서 제외되었다. 그해 학과 특별 장학금은 규영이 받았다. 그 무렵부터 규영은 민형과 예전만큼 자주 어울릴 수 없었다. 오리엔테이션 때 민형이 규영을 속였다는 것도 원인이었지만 그보다 더 큰 이유는 민형이 지원 선배와 사귄다는 소문 때문이었다. 소문은 사실이 아니었다. 다만 민형이 그 사건 이후 더 적극적으로 지원 선배와 붙어 다닌 것은 맞았다. 한편 셋이 함께하는 빈도가 잦아질수록 규영은 그런 자리를 피하려고 했다. 지원 선배와 함께 있으면 어딘가로 내몰리는 기분이 들기 때문이었다. 그것은 지원 선배가 밀어낸다기보다는 규영이 지원 선배에게 밀려나는 것이었다.

규영은 지원 선배가 자신의 안티테제처럼 느껴졌다. 규영에게 안티테제라는 것은 반드시 이해해서 다음 단계로 넘어가야 하는 하나의 과업이었다. 안티테제를 온전히 이해하고 받아들이고 나면 조금 더 나은 존재가 될 수 있다고 믿었다. 지금까지 그렇게 성장해왔고 그런 과정을 통해 언제나 더 나은 답을 도출해낼 수 있었다. 규영은 지원 선배를 이해하기 위해 지원 선배가 도대체 어떤 사람인지, 어떻게 자랐고, 무슨 사상에 영향을 받았으며, 무엇을 추구하는지 탐구했다. 일단은 주변 사람들에게 지원 선배에 관해 물어보고 다녔고 그 후에는 미니 홈피를 염탐했으며 구글에 이메일 주소도 검색해보고 근로장학생으로 도서관에서 근무할 때는 어떤 책을 빌리는지 훔쳐보기도 했다.

하루 방문자가 한 자릿수밖에 되지 않던 지원 선배의 싸이월드를 수없이 들락거리다가 규영은 결국 방문자 이벤트에 세 번 연속으로 당첨되게 되었다. 한 번이라면 우연이라고 우길 수 있겠지만 1,000번째 방문자, 1,001번째 방문자, 1,004번째 방문자에 잇따라 계속 걸리자 지원 선배는 규영을 등나무 벤치로 따로 불러냈다. 규영은 얼굴이 빨개져서 나쁜 의도는 없었다고 둘러댔다. 제가 어떤 선입견 같은 걸 갖고 있는데요. 혹시 선배에 대해 더 자세히 알게 되면 그런 오해를 좀 줄일 수 있을까 싶어서요. 규영의 대답에 지원 선배는 한숨을 내쉬며 부드럽게 타일렀다. 그건 정말 쓸모없는 짓이야. 게다가 그건 오해를 줄이는 게 아니라 오히려 확정하는 메커니즘이잖아.

규영은 지원 선배가 말을 내뱉을 때마다 정성스럽게 고개를 끄덕였다. 진정성 있는 끄덕임은 아니었고 그냥 윗사람이 말할 때 의례적으로 취하는 습관이었다. 지원 선배는 그 모습을 보고 다시 한번 깊게 한숨을 내쉬었다. 그날 규영은 지원 선배가 떠나고 난 뒤에도 등나무 벤치 위에 오랫동안 남아 있었다. 두 손바닥으로 얼굴을 감싸고 지원 선배가 했던 충고를 곱씹었다. 말뿐만 아니라 눈빛과 표정, 그리고 가끔 흔들었던 머리와 답답하다는 듯 뒤통수를 긁었던 몸짓 같은 것도 되새겼다.

그날 지원 선배는 정말 온몸으로 규영을 부정했다. 규영의 노력을 부정했고, 조금이라도 다가가 보려고 했던 긍정적 시도 자체를 부정했고, 지금까지 아무 문제 없이 잘 작동하기만 했던 삶의 시스템마저도 부정했다. 지원 선배의 말을 해석하면 규영은 얼간이 중에서도 얼간이였다. 지원 선배는 어떤 대상을 자신의 역량으로 이해할 수 있을 거라고 믿는 착각에 대해 경고했는데, 대상의 본질이라는 것은 그렇게 파악될 수 있는 게 아니고 심지어 그런 방법으로는 대상의 일부분조차 알 수가 없다고 강조했다. 그러니까 제발 그런 스토킹 같은 짓은 이제 그만두라고. 그거 정말 기분 나쁘다고.

그 후 며칠 동안 규영은 이유를 알 수 없는 분노에 온 마음이 들끓었다. 격정적인 감정으로 여러 밤을 괴로워하다가 어느 정도 진정이 된 이후부터는 부끄러움이 밀려들었다. 잠들기 전에 침대에 누우면 불쑥 지원 선배의 눈빛이 떠올랐다. 심호흡도 해보고 엠씨스퀘어도 틀어보고 향초를 피어놓고 은은한 촛불을 오랫동안 응시해봐도 부끄러움은 사라지지 않았다. 규영은 지원 선배에게 고백한 적도 없는데 차인 기분이 들었다. 그것도 네가 싫은 건 아닌데 지금은 널 만날 수가 없다는 식의 배려 깊은 거절이 아니라 호신용 스프레이를 코앞에서 뿌리며 저리 꺼지라고 소리치는 식의 거절이었다. 그렇게 너무나도 명백한 거절을 당하고 나니까 규영은 자신이 지금까지 정말로 지원 선배를 좋아하고 있었던 게 아닌지 의심이 들었다.

규영의 마음속에는 양립할 수 없는 두 가지 모순된 감정이 혼재되어 있었다. 일단 규영은 지원 선배가 분명히 싫었다. 지원 선배처럼 자기 잘난 맛에 취해 있는 나르시시스트는 정말 질색이었다. 하지만 그런데도 지원 선배가 계속 신경 쓰이는 것도 사실이었다. 모토로라 휴대전화기만 고집하는 게 이상했고, 블로그 배경음악으로 들어본 적도 없는 노르웨이 출신 인디밴드의 노래를 고른 것도 신기했다. 그리고 배낭여행으로 남들 다 가는 프랑스의 에펠탑이 아니라 핀란드의 오로라를 보고 온 이유도 궁금했다. 규영은 이렇게나 싫은 사람이 왜 자꾸만 신경 쓰이는지 이해가 되지 않았다. 모순으로 가득 찬 규영의 마음은 지원 선배를 좋아한다는 결론이 아니라면 결코 합치될 수가 없었다.

지원 선배를 좋아하는 것일지도 모른다는 가설을 세우자 충돌하고 부딪히기만 했던 마음속 갈등이 자연스럽게 조화를 이뤘다. 좋아한다면 그럴 수도 있었다. 규영은 감정을 더욱 분명히 확인하기 위해 '눌라'에 들어가기로 마음먹었다. '눌라'는 학생회관 지하 구석의 자재실을 학회실로 쓰고 있었다. 자재실 안에는 가판대와 여분의 책상, 플라스틱 의자 같은 것들이 쌓여 있었다. 한쪽으로 몰아놓은 게시판 위에는 작년 축제 때 썼던 대자보가 그대로 붙어 있었다. 순정 만화 캐릭터를 그린 일본어과의 일일 주점 홍보문과 랭보의 시구를 삽입한 불어과의 영화제 포스터도 보였다. 그리고 가장 오른쪽에 놓여 있던 게시판에는 이런 선언문이 적혀 있었다. 우리는 발산하는 인간이며 절대로 수렴하지 않는다.

'놀라'의 면접은 그전까지는 들어본 적도 없는 전혀 새로운 방식의 압박 면접이었다. 지원 선배는 남들과 완전히 구별될 수 있는 고유한 자신을 소개해보라고 시켰다. 규영은 그게 어떤 의미인지 정확히 이해하지 못했다. 지원 선배는 그 이상의 설명을 해주지 않았고 규영은 일단 아무 말이나 지껄였다. 지원 선배는 규영이 틀린 대답을 내놓을 때마다 뿔피리를 불었다. 그 뿔피리는 오카리나처럼 작고 예쁜 모양이었지만 도저히 오카리나라고는 부를 수 없는 아주 끔찍한 고음을 냈다.

제 이름은 김규영입니다. 삐이-! 저는 막내로 태어났습니다. 삐이-! 위로 형이 둘이나 있고요. 삐이-! 곱슬머리입니다. 삐이-! 딱히 남들과 다른 점은 없는데요. 삐이-! 이거 뭐 랩 같은 거라도 해야 하는 건가요? 삐이-! 지나간 시간들을 모두 다 되돌릴 순 없겠지. 삐이-! 프리스타일 Y 모르세요? 삐이-! 그냥 평범하다는 게 제 특별함인데요. 삐이-! 딱히 그런 게 없을 수도 있잖아요. 삐이-! 보통 사람인 게 뭐 잘못입니까? 삐이-! 삐이-! 이거 통과한 사람은 있어요? 삐이-! 삐이-! 민형이한테도 이렇게 하신 거죠? 삐이-! 삐이-! 삐이-! 지금 도대체 뭘 말하려는 거죠? 삐이-! 삐이-! 삐이-! 저 선배 좋아하는 것 같아요. 삐이-! 삐이-! 삐이-!

대답이 이어질수록 뿔피리를 부는 지원 선배의 숨이 점점 더 차올랐다. 더 말했다가는 호흡 곤란으로 의자에서 쓰러지게 될까 봐 규영은 그대로 입을 다물었다. 그제야 뿔피리의 비명도 그쳤다. 지원 선배는 거친 호흡을 내몰아 쉬었고 규영은 그 모습을 지켜보다 다시 한번 말했다. 저 선배 좋아하는 것 같다고요. 하지만 이번에도 어김없이 뿔피리가 삐이-! 하고 울렸다. 그 마지막 삐이-! 는 기존의 삐이-! 보다 더 길고 가늘게 이어지며 좁은 자재실 안을 마구 헤집다가 규영의 몸과 정신마저도 뒤흔들어놓았다. 규영은 마음이 처참할 대로 처참해져서 그냥 조용히 자재실 문을 열고 바깥으로 걸어 나왔다. 중앙 계단을 향해 복도를 걷는 그 시간이 영원히 끝나지 않을 것 같은 절망을 느끼며 등 뒤에 들러붙는 뿔피리 소리에서 아주 멀리 도망쳤다.

학교를 휴학하고 군대에 있는 동안 규영은 기상나팔 소리를 들을 때마다 지원 선배가 떠올랐다. 입대만 하면 이 모든 걸 금방 잊어버릴 줄 알았는데 매일 울리는 기상나팔 소리에 규영은 아침마다 괴로웠다. 그래서 한번은 소원 수리 시간에 기상나팔을 클래식으로 바꿔줄 수 없느냐고 건의했다가 분대장에게 두들겨 맞을 뻔했다. 선임이 된 후에는 기상나팔이 울릴 시간에 미리 후임에게 엠넷을 틀어놓으라고 시켰지만, 하필이면 그 무렵 프리스타일이 신곡 '수취인불명'을 발표하면서 아침마다 뮤직비디오가 계속 나와 그마저도 소용없게 되어버렸다.

전역 후 학교에 돌아왔을 때 지원 선배는 스웨덴으로 워킹홀리데이를 떠나고 없었다. 민형도 이미 스웨덴 대학교에 입학 허가를 받아 곧 있으면 교환학생으로 떠날 예정이었다. 민형은 출국하기 전에 규영에게 막걸리를 사주면서 왜 전공을 살리지 않느냐고 물었다. 규영은 졸업 후에 공무원 시험을 볼 계획이었는데 오히려 민형이 전공을 살리려고 하는 게 더 이해가 되지 않았다. 스웨덴어를 아무리 잘해도 결국 그 나라 사람이 아니면 한계가 있잖아. 샘 해밍턴도 한국말을 정말 잘하지만 어딘가 어색하듯 말이야. 애초에 우리는 아무리 노력해도 얀녕하쉐요 수준을 절대 벗어날 수 없다니까? 규영의 주장에 민형은 순순히 인정하면서도 자신은 그 얀녕하쉐요 수준이라도 되려고 가는 거라고 대답했다.

"그게 무슨 의미가 있어. 어중간하게 전공 살려서 써먹지도 못하느니 차라리 공무원 시험 준비하는 게 낫지."

"의미가 있을지 없을지는 모르지."

"아니 스웨덴이랑 스위스도 구분 못 하던 녀석이 왜 이렇게 됐어?"

규영이 놀리자 민형은 웃음을 터뜨렸다. 그건 1학년 때 이야기라면서 고개를 젓고 막걸리를 한잔 더 따랐다. 취기가 오르자 규영은 민형에게 '놀라'의 면접에 대해서도 물었다. 지원 선배가 민형에게도 뿔피리를 불어댔는지 궁금했다. 민형은 파전을 한점 집어 입안에 쑤셔놓고 한참 동안 우물거리며 대답을 미뤘다. 안달이 난 규영이 다그치면서 빨리 말하라고, 나는 랩까지 했었다고 소리쳤지만 민형은 다시 미소를 지으며 막걸리를 한 사발 더 들이킬 뿐 아무 대답도 하지 않았다.

"너 지원 선배 좋아했었냐?"

규영이 묻자 민형은 대답 없이 고개를 끄덕였다. 반대로 민형이 물었을 때 규영은 고개를 젓지 않고 대답만 아니라고 했다. 난 좋아한 건 아닌 것 같아. 민형은 이번에도 알겠다는 듯 고개만 끄덕였다.

"나는 랩은 안 했어. 뿔피리를 계속 부니까 아무 말도 할 수가 없더라고."

"그치. 그렇게까지 불어대는 데 무슨 말을 할 수 있겠어."

"근데 그렇게 조용히 닥치고 한참 있으니까 합격이라고 하더라고."

민형의 대답에 규영은 충격을 받았다. 그냥 가만히 있으니까 합격이라고? 규영이 미간을 찌푸리며 다시 묻자 민형은 어깨를 으쓱이고 고개를 끄덕였다. 규영은 어쩐지 차별당하고 농락당한 기분이 들었다.

"도대체 지원 선배는 왜 그러는 거야? 그게 뭘 말하려는 건데?"

"모르지. 내 생각에는 뭔가를 말하려는 게 아니라 그냥 뭔가를 보여주고 싶었던 것 같아."

그날 규영은 술에 취하면 취할수록 이상하게도 정신이 또렷해졌다. 이제는 민형이 자신과는 완전히 다른 사람이라는 걸 너무나도 분명히 깨닫게 되었다. 입학식에서 처음 봤을 때 느꼈던 반가움은 이미 사라진 지 오래였다. 그때는 낯선 타국에서 모국어를 쓰는 사람을 발견한 듯 민형이 편하고 좋았다. 하지만 이제는 지원 선배처럼 자신을 점점 밀어내는 존재가 되었다. 똑같은 대학교에 입학해서 같은 전공을 공부하고 비슷한 시기에 군대까지 다녀왔는데 도대체 어떤 차이가 민형을 저렇게 바꿔놓은 걸까? 그날 규영은 밤늦게까지 민형과 막걸리를 마셨다. 잔에 담긴 막걸리는 비울수록 씁쓸하기만 했고 유난히도 끈적이며 입천장 위에 오랫동안 들러붙었다.

지원 선배와 학교에서 다시 마주친 건 졸업을 한 학기 앞둔 때였다. 그때 당시 규영은 매달 한 번씩 학과장을 따라 등산을 하러 가는 모임에 주축이었으며 홈커밍데이 행사의 준비위원 장을 맡고 있었다. 그해 홈커밍데이 행사는 아주 중요했다. 스웨덴 대사관과 자매결연을 하여 공관 차석과 서기관까지 방문할 예정이었다. 학과장은 호텔을 빌리지 말고 아예 학교에서 행사를 열자고 제안했고 그에 맞춰 규영은 모든 프로그램을 새롭게 기획했다. 하지만 학과장은 규영이 혼자 총괄을 맡는 걸 못 미더워했다. 규영이 스웨덴에 한 번도 가보지 못했기 때문에 조금 더 스웨덴어에 유창하고 북유럽 문화를 잘 이해하는 사람이 필요하다는 것이었다. 그리고 그렇게 지목된 사람이 바로 지원 선배였다.

지원 선배는 워킹 홀리데이 비자의 유효기간이 끝났는데도 한국으로 돌아오지 않았다. 북부 지방의 어느 농장에서 불법으로 체류하며 낮에는 순록을 보살피고 밤에는 사미족의 문화를 배웠다. 블로그를 통해 포스트가 새로 추가될 때마다 지원 선배의 몰골은 한국인 유학생에서 사미족의 후예로 점점 변모하고 있었다. 한국으로 돌아오기 직전에는 시베리안 허스키 떼가 이끄는 썰매를 타고 눈 덮인 언덕을 오르는 사진으로 디지털카메라 커뮤니티에서 명성을 얻기도 했다. 그 사진을 계기로 지원 선배는 '사미족에게는 전쟁이라는 단어가 없다'라는 제목으로 여행 에세이집을 한 권 냈고 그게 꽤 화제가 되면서 학교에서 유명인사가 되었다.

지원 선배는 홈커밍데이 행사에 그다지 관심이 없었다. 공동 준비위원장 자리는 거절했고 규영이 거듭 부탁하자 어쩔 수 없이 고문을 맡기로 했다. 고문의 역할은 준비한 행사가 스웨덴 정서에 어긋나는 부분이 있는지 검토하고 또 대사관 직원들의 통역 및 안내를 전담하는 것이었다. 사실 규영은 그런 부탁을 하는 게 쉽지는 않았지만 학과장의 말대로 지원 선배는 꼭 필요한 사람이었다. 그리고 이왕 이렇게 된 김에 과거와는 달라진 모습을 보여주고 싶은 욕망도 있었다. 깜짝 놀랄 만큼 참신하고 혁신적인 행사를 꾸려 지원 선배에게 역량을 증명해 보이고 싶었다.

규영은 며칠을 고민하며 야심차게 바이킹의 탄생과 성장, 그리고 죽음이라는 주제로 3막에 걸쳐 홈커밍데이 행사를 기획했다. 하지만 집행부 회의 때 지원 선배는 이번 행사가 하나도 참신하지 않으며 전부 기존의 것을 답습해놓고 포장만 그럴듯하게 바꾼 기만에 불과하다고 비판했다. 비판의 첫 번째 이유로는 사회인이 된 졸업생이 학교로 돌아와 다시 바이킹이 된다는 설정 자체는 나쁘지 않지만 웰컴 리셉션에서 방명록을 쓰고 명찰을 받은 후에 남자 졸업생은 스웨덴 전통 복장을 한 여학생들과 사진을 찍고, 여자 졸업생은 바이킹 전투 복장을 한 남학생들과 사진을 찍는다는 발상이 대단히 시대착오적이면서 폭력적이라는 것. 두 번째는 아무리 바이킹이 주제라고 해도 점심으로 사슴 고기를 먹는다는 건 너무 일차원적이라는 것. 세 번째로는 성장이라는 주제로 성년이 된 바이킹이 약탈을 통해 자신의 정체성을 찾아간다는 의도는 좋지만 그것을 구현하는 방식이 신입생을 이용해 교우 명부를 비싼 금액에 판매하는 건 약탈이 아니라 그냥 강매일 뿐이라는 것. 끝으로 바이킹 장례식이라는 이름으로 마지막에 롤링 페이퍼를 작성하고 그날 찍은 사진과 영상을 편집해 동영상으로 시청하는 건 그냥 말만 바이킹 장례식일 뿐 아무런 오리지널리티도 없다는 것.

　지원 선배가 문제를 제기하자 그동안 조용했던 집행부 후배들도 조금씩 규영에게 불만을 털어놓았다. 특히나 개인 신상과 직장 정보가 든 교우 명부를 고액에 판매하는 것에 크게 반발했다. 규영은 매년 팔아왔고 다른 학과도 팔고 있으며 문제가 된 적은 한 번도 없다고 변명했다. 하지만 항상 반복하던 거라고 해서 그게 정당성을 갖는 건 아니었다. 지원 선배는 차라리 매년 그렇게 해왔으니 올해부터는 그러지 않는 게 어떻겠냐고 물었다. 대사관 직원들도 오는데 분명히 부끄러운 일이 될 거라고. 규영은 그런 걸 결정할 권한이 없었고 그래서 대신 학과장에게 물어보겠다고 대답했다. 하지만 지원 선배와 그 자리에 모인 후배들은 모두 실망의 한숨을 내쉬었다.

"차라리 이 기회에 불태워버리는 건 어때?"

고대의 바이킹은 동료가 죽으면 배에 시신과 유품을 가득 담아 불을 질러 바다로 내보냈다. 불이 붙은 배는 활활 타오르며 수평선을 넘기 전에 재가 되어 수장됐다. 아무 곳에도 닿지 못하고 결국 침몰할 배를 띄우는 건 어쩌면 죽은 사람의 영혼이 그들이 믿는 신에게 닿기를 바라는 마음 때문인지도 몰랐다. 규영은 이런 스토리텔링을 담아 바이킹 장례식 때 롤링 페이퍼를 담은 종이 상자를 연못 위에 띄우고 그것을 불태울 생각이었다. 타임캡슐처럼 땅에 묻는 게 아니라 하늘로 날려 보내며 바이킹 장례식을 재현해보는 것이었다. 그런데 지원 선배는 차라리 그때 롤링 페이퍼가 아니라 교우 명부를 불태워버리자고 제의했다. 규영이 그게 무슨 의미가 있냐고 되묻자지원 선배는 단호한 어조로 이렇게 대답했다.

"의미는 우리가 정하는 게 아니야."

지원 선배의 반대에도 불구하고 홈커밍데이 행사는 규영이 계획했던 대로 대부분 진행되었다. 규영은 잔디광장 앞 웰컴 리셉션에서 졸업생을 환영했고 지원 선배는 대사관 직원들을 맞이했다. 행사 참가자들이 운영본부에서 방명록을 적으면 신입생들이 이름을 묻고 명찰을 찾아 목에 걸어주었다. 명찰을 받은 후에는 자리를 옮겨 폴라로이드 카메라로 사진을 찍었다. 지원 선배의 지적을 받아들여 조악한 도끼와 골판지 방패로 바이킹 분장을 한 남학생들은 남자 손님과 함께 사진을 찍었고, 스웨덴 전통 복장인 흰 블라우스에 푸른색 조끼와 노란색 치마를 입은 여학생들은 여자 손님과 사진을 찍었다.

점심때는 출장 뷔페와 함께 드럼통으로 소고기스테이크를 구웠다. 사슴 고기를 구하려고 농장을 몇 군데 알아보았지만 단가가 너무 비싸기도 했고 처음에는 그게 굉장히 좋은 아이디어 같았는데 지원 선배가 별로라고 하자 그 이후부터는 시시하게 느껴졌다. 오후 행사에서는 음악 학회 '스톡홀름'과 연극 학회 '휘게'의 공연을 관람했다. 처음 계획대로라면 공연이 끝난 후에 신입생들이 각자 테이블에 앉은 졸업생들에게 약탈이라는 이름으로 교우 명부를 팔아야 하는데 일단 그 순서는 빼버렸다. 판매를 아예 안 하는 것은 아니고 모든 행사가 끝난 후에 자율적으로 구매할 수 있는 것으로 바꾸었다. 규영으로서는 그게 최선이었다. 교우 명부를 팔지 않으면 학생회 운영 회비가 마련되지 않았고, 운영 회비가 부족하면 앞으로 이어질 스승의 날 행사라든지 종강 총회에 차질이 생길 수도 있었다. 교우 명부 판매가 불합리한 관습일 수도 있지만 그래도 지금까지 유지된 데에는 나름의 사정이 있었다. 규영의 결정에 지원 선배는 끝까지 동의하지 않았지만 결국 준비위원들이 알아서 결정할 문제라고 선을 긋고 더는 개입하지 않았다.

마지막 순서인 바이킹 장례식이 시작할 무렵에는 현역과 졸업생 모두 어느 정도 술에 거나하게 취해 있었다. 때마침 석양까지 드리워지고 있어 다들 조금은 격양되고 고조된 상태에서 롤링 페이퍼를 작성했다. 롤링 페이퍼를 쓰는 동안 야외무대에 설치된 스크린에서는 UCC가 상영되고 있었다. 미리 준비해놓은 지문과 구성 위에 사진과 영상만 급하게 집어넣어

편집한 것이었다. 규영은 영상의 마지막에 이런 문구를 적어넣었다. 졸업생 선배님들과 함께해서 정말 즐겁고 행복한 순간이었습니다. 이제 바이킹의 추억은 이곳에 전부 남겨두고 다시 사회로 돌아갈 시간입니다. 언제나 졸업생 여러분 곁에는 스웨덴어과 동문회가 함께하고 있습니다. 행사가 끝난 후 운영본부에서 교우 명부를 판매 중이오니 많은 관심과 후원 부탁드립니다.

규영은 문구가 나올 때까지 영상을 지켜봤다. 하지만 영상이 다 끝나고 화면이 암전되어도 그런 문구는 나오지 않았다. 규영은 자리에서 일어나 운영본부로 달려갔다. 원래대로라면 집행부 후배들이 그곳에서 방명록을 치우고 교우 명부를 준비해놓고 있어야 했다. 하지만 교우 명부는 어디에도 보이지 않았다. 어떻게 된 일이냐고 따지자 후배 한 녀석이 쭈뼛거리며 말했다. 저희 이거 안 팔려고요. 갑자기 왜? 좀 쪽팔려서요. 뭐라고? 쪽팔린다고요. 후배는 두려워하면서도 반항적인 눈빛으로 규영을 노려보았다. 그 눈빛에 규영은 당황해서 잠시 그대로 서 있었다. 다른 후배들이 다가와 대신 사과했지만 이미 그런 말은 귀에 들어오지 않았다. 규영은 고개를 돌려 학과장과 대사관 직원들 사이에 앉아 있는 지원 선배를 바라봤다. 지원 선배는 즐거운 듯 그들과 웃으며 떠들고 있었다. 규영은 그렇게 지원 선배를 한참 동안 바라보다가 아무 말도 없이 운영 본부에서 나와 행사장을 떠났다. 정문을 지나 지하철역까지 걷는 동안 놀라울 만큼 아무도 쫓아오지 않아 규영은 지독히도 고독하게 그 길을 혼자서 걸었다.

학교를 졸업하고 규영은 학과장의 추천으로 교내에서 운영하는 고시원에 들어갔다. 그곳에서 2년 동안 관리인 아주머니가 해주는 정성스러운 식사를 끼니마다 챙겨 먹으며 잠잘 때 빼고는 모든 시간을 공무원 시험 준비에 쏟아부었다. 만나는 동기나 선후배는 당연히 없었고 인터넷도 거의 하지 않았다. 가끔 주말에 도서관 시청각실에서 누군가를 마주치기는 했어도 서로 아는 척하는 일은 없었다. 규영은 이미 학과 내에서 화석, 고인 물을 넘어 영원히 사는 자 같은 존재였고, 그런 전설적인 영물을 마주쳤을 때는 최대한 못 본 척해주는 게 예의였다.

그 무렵 규영은 원숭이 섬의 원숭이가 되는 꿈을 자주 꾸었다. 원숭이 섬은 원숭이로 가득했다. 물론 그 섬에는 아예 태생부터 다른 킹콩이나 티라노사우루스 같은 존재도 있었다. 섬에서 킹콩과 티라노사우루스가 결투를 벌이면 원숭이들은 그 주변에 몰려들어 싸움을 구경했다. 그러다 킹콩이 티라노사우루스를 돌무덤 위에 집어 던지고 승리를 거머쥐면 모든 원숭이가 날뛰며 기뻐했다. 규영은 그 원숭이들 틈에서 환호성을 지르다가 잠에서 깼다. 그렇게 정신을 차리면 곧바로 참을 수 없는 비애와 통탄이 밀려왔다. 규영이 슬펐던 건 자신이 킹콩이나 티라노사우루스가 되지 못해서가 아니었다. 사실은 원숭이 섬의 원숭이조차 되지 못하는 현실이 비참하고 서러웠다. 시험에서 번번이 떨어질 때마다 규영은 제발 원숭이라도 되게 해달라고 간절히 기도했다. 원숭이라도 되어서 그 섬에서 살 수 있게 해달라고.

공무원 시험에 합격한 건 교내 고시원에서 나오고 그다음 해였다. 학과장이 정문까지는 아니어도 서유럽대 건물 앞에 현수막을 붙여주겠다는 걸 규영이 겨우 말렸다. 이 나이까지 학교를 떠나지 못하고 이제야 겨우 합격했다는 걸 현수막까지 걸어가며 자랑하고 싶지는 않았다. 그 대신 포기하지 않고 끝까지 노력한 자신에게 보상을 주기 위해 스웨덴 여행을 계획했다. 정식으로 배치받기 전까지 시간이 꽤 남아 있었고 이번 기회가 아니면 앞으로 스웨덴은 평생 가보지 못할 것 같았다.

인터넷에서 스웨덴을 검색하면 여전히 지원 선배의 포스팅이 상위권에 놓여 있었다. 나만의 특별한 스웨덴이라는 제목을 클릭했다가 곧바로 뒤로 가기 버튼을 눌렀다. 태어나서 처음으로 스웨덴에 가보는데 굳이 특별함은 필요하지 않을 것 같았다. 규영은 다른 블로거의 포스팅을 살피며 여행 일정을 세웠다. 내용은 대부분 엇비슷했다. 스톡홀름을 중심으로 감라스탄 대광장에서 사진을 찍고 박물관, 중앙역, 구시가지를 둘러보거나 근교로 나가 비르카섬에서 바이킹의 삶을 체험해보는 게 제일 기본적인 코스였다.

규영은 여행책과 블로그를 참고하며 일정을 세우다가 갑자기 짜증이 났다. 어차피 다른 사람의 일정을 베낄 거라면 차라리 지원 선배가 다녀온 코스대로 다녀오는 게 더 나을 것 같았다. 규영은 다시 지원 선배의 블로그에 들어갔다. 그리고 그곳에서 추천해준 대로 도착한 날과 돌아오는 날에만 스톡홀름을 잠시 둘러보고 나머지 일정은 국내선을 타고 북쪽 라플란드 지방으로 이동해 키루나라는 광산 도시에서 머물기로 했다. 키루나는 산과 호수로 둘러싸인 아주 작은 마을로 노천탕에서 온천을 즐기며 오로라를 볼 수 있었고 낮에는 순록에게 먹이를 주며 시베리안 허스키가 끄는 썰매를 타볼 수도 있었다.

가는 길이 다소 험난하기는 했어도 키루나는 정말로 환상적인 도시였다. 이국적인 풍경은 아름다웠고 오로라는 경이로웠으며 사람들도 모두 친절하고 유쾌했다. 키루나에서 머무르는 마지막 날 규영은 국립공원 등반을 같이한 스웨덴 대학생의 숙소에서 늦게까지 술을 마셨다. 자정이 넘어서야 중앙 광장에 있는 호텔로 돌아왔는데 취기 때문에 길이 헷갈려 몇 번 잘못된 골목으로 들어섰다. 그러다 가로등이 없는 좁고 어두운 골목에서 덩치가 큰 남성들과 마주치게 되었다. 그들은 모두 머리가 짧았고 청바지에 검은색 티셔츠를 입고 있었다. 그들은 술에 취해 비틀거리는 규영을 유심히 쳐다봤다. 불길한 기분이 들어 재빨리 뒤로 돌아섰지만 이미 골목 입구에도 같은 무리로 보이는 남자들이 길을 가로막고 규영을 향해 다가오고 있었다.

그들은 스웨덴어로 자기들끼리 뭐라고 대화를 주고받았다. 표준적인 억양이 아니었고 말이 너무 빨라서 규영은 전혀 알아들을 수가 없었다. 규영은 골목 안에서 앞으로 나가지도 뒤로 돌아가지도 못한 채 꼼짝없이 갇혀버렸다. 그들은 규영에게 점점 다가왔고 담뱃불을 발밑으로 던지기도 했다. 규영이 깜짝 놀라 움츠러들자 누군가 그걸 비웃으며 따라 했고 어떤 이는 위협하듯 욕 같은 말을 지껄였다. 규영은 스웨덴에도 스킨헤드가 있으며 난민 문제로 더 기승을 부린다는 말이 기억났다. 하지만 그런 집단을 만났을 때 어떻게 대처해야 하는지는 알지 못했다. 그들이 다가올수록 다리가 후들거렸고 심장은 빠르게 뛰었다. 규영은 어떻게 할지 고민하다가 눈을 질끈 감고 허공에 주먹을 위아래로 흔들며 스웨덴 국가를 부르기 시작했다.

최대한의 존경과 찬미를 담아 규영은 정말 열심히 팔을 휘두르며 큰 목소리로 스웨덴 국가를 불렀다. 두 감라, 두 프리아, 두 피앨회가 노르드를 외치며 유구함의 그대를, 자유의 그대를, 높은 산 북쪽의 그대를 칭송했다. 노래는 장엄하고 진중했으며 필사적이었다. 그들은 규영을 보며 대놓고 비웃음을 터뜨렸다. 노래가 끝날 때까지 규영을 동그랗게 둘러싸고 키득거리며 그 모습을 끝까지 지켜봤다. 1절을 다 부르자 그들 중 가장 덩치가 큰 남자가 다가와 규영에게 어깨동무를 걸었다. 규영은 그의 겨드랑이에 목이 졸린 채로 그를 따라 골목 끝까지 걸었고 그곳을 다 빠져나오고 나서야 풀려났다. 골목 안쪽에서는 나머지 남자들이 여전히 규영의 팔 동작을 따라 하며 큰 소리로 웃고 떠들었다. 덩치 큰 남자는 규영에게 가라는 듯 턱 끝을 들어 보였고 규영은 다리에 힘이 풀려 네발로 거의 기다시피 땅을 짚으며 서둘러 그곳에서 도망쳤다.

호텔로 돌아와 방문을 걸어 잠그고 침대에 누웠을 때 규영은 눈물을 쏟았다. 베개에 얼굴을 파묻고 한참을 울었고 잠금장치가 잘 잠겼는지 걱정돼 다시 일어나 확인하면서도 울었다. 화장실 변기에 앉아서도 울었고 유튜브에 스웨덴 스킨헤드를 검색하면서도 울었고 그러다 활짝 웃고 있는 민형의 카카오톡 프로필을 보고 울었고 지원 선배의 블로그에 새로 올라온 일상 글을 보면서도 울었다. 규영은 무서워서 울었고 풀려나서 다행이라 울었다. 그리고 부끄러워서 울었다. 부끄럽고 또 부끄러워 자신의 모든 부끄러움을 쏟아낼 때까지 울었다. 눈물은 도무지 멈추지 않았고 점차 통곡으로 변해 나중에는 그냥 수건으로 얼굴을 감싸고 있었다. 그렇게 한참 울고 난 후 눈물이 멈췄을 때 규영은 여전히 부끄러웠지만, 그저 모든 게 부끄럽기만 한 상태는 아니게 되었다.

한국으로 돌아오는 날 규영은 공항에 가기 전에 스톡홀름 시내의 바이킹 박물관에 들렀다. 그곳에서 실제 바이킹이 썼던 투구와 검 그리고 타고 다녔던 배를 보았고 영어를 잘하는 해설사에게 바이킹의 역사에 관한 이야기도 들었다. 설명에 따르면 바이킹은 그들 스스로를 바이킹이라고 부르지 않았다. 바이킹이라는 단어는 만에서 온 사람이라는 뜻이었고 그건 만에서 살고 있지 않은 사람이 바이킹을 처음 보고 지은 이름이었다. 박물관에서 빠져나와 공항에 도착해 비행기에 오르는 내내 규영은 여러 생각에 잠겼다. 고등학교 때 담임선생님과 학과장 교수님을 떠올렸고, 민형과 지원 선배, 그리고 원숭이섬의 원숭이들과 키루나의 스킨헤드들에 대해 생각했다. 그리고 좁고 긴 배를 바다에 띄워 한 번도 가본 적 없는 낯선 세계로 항해하는 바이킹의 모습도 상상해봤다. 분명히 바이킹이지만 바이킹이 아니었으며 나중에는 바이킹이 되어버린 최초의 바이킹에 대해. △

○ 본 작품에 등장하는 스웨덴어과는 창작에 의한 허구의 학과임을 밝힙니다.

인어의 시간

배예람

혜민의 발밑으로 깊은 물이 흐른다. 둥근 달을 삼킨 강은 부드럽게 출렁거리며 검게 빛난다. 미지근한 온도로 젖은 바람이 스친다. 물은 너무 빠르지도 느리지도 않은 속도로 움직이면서 거대한 함정처럼 다가온다. 어둡고 아득한 목구멍을 벌리고 혜민이 떨어지기만을 기다리고 있는 함정. 다리 끝에 아슬아슬하게 몸을 걸친 혜민이 눈을 질끈 감는다. 그렇지만 혜민은 물이 너무 무섭다.

희미한 가로등 빛은 혜민이 홀로 서 있는 다리를 어슴푸레 밝힌다. 이렇게 긴 시간 동안 물을 바라보는 것도 오랜만이다. 흐르는 물을 한참 보고 있노라면 속이 메슥거리고 머리가 핑핑 돌다가 다리에 힘이 풀리기 일쑤였다. 작은 물웅덩이나 천변을 지날 때는 눈을 질끈 감는 것으로 공포에서 쉽게 벗어났지만 지금처럼 강 가까이에 있는 건 차원이 다른 일이었다. 버스가 대교 위를 지날 때마다 눈을 감고 머릿속으로 양을 세던 기억들이 생생하다. 그 모든 공포와 두려움을 뒤로하고 한밤중에 강을 바라보고 있는 이유는 뻔했다. 끝내기 위해서였다. 물을 바라볼 때마다 지독하게 떠오르는 얼굴 하나. 그가 밟았을 절차를 그대로 따라 하기 위해서.

혜민은 난간 위에 얼굴을 묻었다. 자꾸만 머릿속을 채우는 하얀 얼굴이 자신을 보다가 툭 한마디를 뱉는다. 왜 안 해? 난간에 얹은 손에 힘을 주자 차가운 손목시계의 감촉이 살을 파고들었다. 살가죽처럼 차고 다니던 싸구려 시계는 하얀 얼굴의 주인공이 아주 오래전에 선물한 것이었다. 너는 한번 뛰어봤으니 쉽겠지. 혜민은 애꿎은 난간을 내려치고 다리 위를 걸었다. 한번 지루하고 긴 상념에 젖어들면 끝이 없었다. 새벽이 찾아오기 전에 몸을 던지려면 이쯤에서 방향을 바꿔야 했다.

강둑으로 내려간 혜민은 울타리를 쉽게 뛰어넘었다. 돗자리를 펴고 수다를 떠는 사람들로 붐비던 강둑에는 어느새 먼지와 침묵만 내려앉아 있었다. 출입금지 표지판이 헐겁게 꽂혀 있는 땅은 급격하게 기울어지며 강으로 이어졌다. 혜민은 조심조심 걸음을 옮기다 그대로 쭉 미끄러지고 말았다. 물에 들어가기 직전에 양말은 주머니에 넣고 신발은 적당한 데에 올려둘 생각이었다. 나름대로의 계획은 역시나 처절하게 망가졌다.

물은 적당히 차가웠다. 강을 지날 때마다 항상 그랬듯이 두 눈을 질끈 감고 천천히 걸어 나가면 가능할 것 같았다. 발목에서 찰랑거리는 가벼운 물살이 거대한 파도처럼 넘실거리는 환영이 되어 눈앞을 가득 메웠다. 금세 가슴이 조여드는 느낌에 짜증을 넘어서 화가 치밀었다. 죽는 방법도 가지각색인데 굳이 물을 고른 자신이 한심했다. 허나 물을 볼 때마다 떠오르는 얼굴이 아니었다면 여기까지 올 일도 없었겠지. 강물에 두 발을 담근 채로 무릎을 잡고 숨을 고르던 혜민은 문득 느껴지는 시선에 고개를 번쩍 들었다.

검은 강물 위로 솟아오른 하얀 얼굴이 혜민을 가만히 보고 있었다. 물에 흠뻑 젖은 검은 머리가 하얀 얼굴 위로 커튼처럼 축 늘어졌다. 그 사이로 보이는 커다란 두 눈에는 흰자가 보이지 않았다. 온통 시커먼 두 눈을 혜민에게 고정한 채로 천천히 고개를 기울였다. 믿을 수 없는 각도로 고개가 돌아갔다. 삐걱이는 기계처럼 듣기 싫은 쇳소리가 고요하게 울렸다. 히죽, 얼굴이 미소를 보였다. 호선을 그린 입술은 광대까지 주욱 길게 찢어졌다. 혜민은 그대로 바닥에 주저앉았다. 꽉 막힌 목구멍에선 아무 소리도 나지 않았다.

그다음으로 보인 건 하얀 손가락이었다. 창백하게 질리고 축축하게 젖은 하얀 손가락들. 물방울을 거세게 튀기며 모습을 드러낸 손이 파들거리며 손가락을 벌렸다. 벌려진 손가락 사이사이로 얇고 투명한 막이 펼쳐졌다. 하얀 손가락들이 거미줄처럼 혜민의 발목을 거머쥐었다. 축축하고 끈끈한 막이 살결에 찰싹 들러붙는 감각에 혜민은 그제야 비명을 질렀다. 그 비명이 시작이었다.

물살을 가르고 튀어나온 수십 개의 손이 혜민을 끌어당겼다. 어마어마한 힘에 그대로 종아리가 물속으로 사라졌다. 출렁이는 감각이, 끝이 보이지 않는 물이 하반신을 감싸자 숨이 턱끝까지 찼다. 혜민은 발버둥을 치며 흙바닥에 손을 파묻었다. 온 힘을 다해 쥔 풀포기들이 힘없이 뽑혀 나갔다. 고성과 함께 풀포기가 섞인 흙덩이들을 허공으로 던졌다. 그에 화답이라도 하듯, 또 다른 하얀 얼굴들이 이번엔 바로 눈앞에서 하나둘 고개를 내밀었다.

어깨까지 잠긴 몸. 그 위로 둥둥 떠 있는 수십 개의 하얀 얼굴들. 물에 젖어 반짝반짝 빛나는 턱선 아래로 섬세하게 갈라진 아가미. 뻗은 손가락 사이사이로 넓게 펼쳐지는 물갈퀴. 저 멀리서 혜민을 바라보던 얼굴은 어느새 가까이 다가와 히죽거리며 이 광경을 지켜보고 있다. 어디서 많이 본 얼굴이라는 생각과 함께, 뇌가 시릴 정도로 차가운 물이 정수리를 덮었다. 벌어진 콧구멍과 입속으로 물이 가득 밀려오는 감각과 함께 혜민은 정신을 잃었다.

＊

"인어의 강이요."

"예?"

머그잔에 고개를 처박고 있던 혜민은 고개를 번쩍 치켜들었다. 머리카락 끝에 남은 물기가 방울져서 머그잔 안으로 똑똑 떨어졌다. 여자의 얼굴은 물 위로 떠 있던 수많은 얼굴처럼 창백하기 그지없었다. 푸른빛이 감도는 입술이 다시 중얼거렸다. 인어의 강이라고요. 잘못들은 게 아니었다. 여자의 근처에서 끓고 있는 라면에서는 거부할 수 없는 냄새가 났다. 곁으로 다가온 여자는 두꺼운 솜이불을 끌어다 혜민의 어깨에 걸쳐주었다.

"젖을 것 같은데…….”

"괜찮습니다, 전 어차피 덮어도 추워서.”

혜민이 정신을 차린 곳은 강 위에 떠 있는 자그마한 컨테이너 안이었다. 강 위에 떠 있다고 안내받긴 했지만 굳이 확인하진 않은 상태였다. 혜민을 구해준 여자는 못 믿겠으면 직접 보라며 몸소 창문을 활짝 열어주었고 혜민은 펄쩍 뛰며 거부했다.

끝이 보이지 않을 정도로 드넓게 펼쳐진 강 위에 둥둥 떠 있는 컨테이너라니. 자신이 그 안에 있다는 생각만 해도 그대로 기절하고픈 마음이었다. 다행인 것은 물 위에 있다는 생각이 들지 않을 정도로 컨테이너가 안정적이라는 점이었다. 혜민은 솜이불을 끌어당겼다. 절로 이가 딱딱 부딪혔다. 정체 모를 차를 한 모금 들이켰다.

"……좀 전에 저를 죽이려 든 것들이 인어라고요?”

꿈을 꾸고 있는 게 분명했다. 아니 물에 잠겨 목숨을 잃기 전 마지막으로 보는 짧은 환각인지도 모른다. 인어라고 하면 보통 동화 속에 등장하는 아름다운 생명체를 상상하지 않는가. 조금 전 혜민을 물속으로 밀어 넣은 존재들은 괴상한 아가

미와 찢어진 입을 가진 괴물에 가까웠다. 쭉 찢어진 입안으로 수십 개의 이빨이 반짝거렸다. 그 날카로운 이빨을 제 발목에 박아 넣고 피를 빼는 장면이 저절로 그려지는 듯해 혜민은 몸서리를 쳤다.

"강에 빠져 죽은 사람들의 영혼이 물고기에 달라붙으면 그렇게 괴상한 모습으로 바뀝니다. 보편적으로 알려진 모습이랑은 조금 다르지만, 딱히 부를 만한 이름이 없어서 인어라고 부르고 있어요."

조금 다른 게 아니라 많이 달라 보이던데. 설명을 흘려들으며 혜민은 차를 한 모금 더 삼켰다. 꿈이나 환각이라기엔 차가 목구멍을 타고 넘어가는 감각이 너무 생생했다. 위장까지 홧홧한 기운으로 들끓자 절로 고개가 기울어졌다.

'꿈이 아닌 건가?'

"인어들은 49일 동안 강을 떠돌면서 자아를 잃고 완전히 물고기가 되죠. 전 그 49일이 안전하도록 지켜주는 헬퍼 역할을 하고 있어요."

"영매…… 같은 건가요?"

"영매를 거부해서 이렇게 살게 된 거죠."

여자의 얼굴에 어색한 미소가 어렸다.

"……그런데 그냥 강을 떠돈다고 표현하기엔 너무 위험한 것들 아니에요?"

"항상 오늘처럼 그런 건 아니에요. 산 사람들만 풍기는 향이 있거든요. 당사자들은 모르는 냄새. 물 위에 그 냄새가 조금이라도 퍼지면 인어들이 환장해요. 산 사람들 눈에는 원래 인어도 저도 안 보이는데…… 죽을 날을 잘못 고르셨어요."

"오늘이 무슨 날인데요?"

"보름달이 떴으니까요."

여자의 머리카락은 물기에 젖은 것처럼 보이기도 했고, 아닌 것처럼 보이기도 했다. 인어들처럼 창백하게 질린 얼굴 위에 새겨진 이목구비는 잠깐만 바라보지 않아도 자꾸만 흐려지는 듯해서 다시 떠올릴 수가 없었다.

대충 걸친 흰 티에 회색 점퍼. 그 아래로 왠지 모르게 촌스러운 형형색색의 바지. 회색 점퍼는 물에 젖은 것처럼 짙은 색으로 얼룩이 졌다가 원래 상태로 돌아오길 반복했다. 이상한 건 바지도 마찬가지였다. 여자가 발을 딛는 곳마다 뽀송하게 말라 있는 바지에서 떨어진 물방울들이 흔적을 남겼다. 흐리게 번진 얼굴과 평범한 옷에서 풍기는 기묘한 분위기는 인어들의 헬퍼라는 직업에 더할 나위 없이 적합해 보였다.

"보름달이 무슨 상관이에요?"

"영화나 드라마 같은 거 잘 안 보시나 봐요, 원래 모든 일의 시작은 보름달인데. 말도 안 되는 일들이 말이 되어버리는 게 다 보름달 때문이거든요."

호일 그릇 안에서 끓은 라면이 혜민 앞에 놓였다. 절로 침이 꼴깍 삼켜졌다. 드세요, 저 대신 먹어줄 사람이 필요했어요.

여자의 허락에 입으로 밀어 넣은 라면의 맛은 환상적이었다. 오래전의 추억을 떠올리게 하는 맛이었다. 오래전 지금과 비슷한 장소에서. 사람들로 가득한 강변에서 호일 그릇에 라면을 끓이고 풀벌레를 쫓아내며 가을을 맞이했던 날. 그릇 안으로 눈물이 떨어지지 않도록 이를 악물자 그제야 실감이 났다. 꿈이 아니었다. 죽고자 했던 욕망이 무색하게 라면은 너무 맛있었다. 혜민은 한 그릇을 국물까지 깨끗하게 비웠다.

"동트기 전에 땅으로 돌아가야 합니다. 그렇지 않으면 영원히 못 빠져나가요."

오래된 동화에서나 볼 수 있는 환상 속의 장소들이 그러하듯이, 인어의 강에는 규칙도 많고 따라야 할 것도 많았다. 솜이불이 모든 물기를 빨아들였는지 어느새 혜민의 옷은 보송하게 말라 있었다

"돌아가기 싫은 건 아니죠? 여기서 애매하게 인어도 헬퍼도 아닌 상태로 있다가 소멸되는 것보단 다른 데서 제대로 죽는 게 더 나을걸요."

돌아가고 싶은가? 혜민은 고개를 숙였다. 땅으로 돌아가고 나면, 그다음엔? 애초에 돌아가고 난 후를 생각하고 있다는 것 자체가 모순적이었다. 정말로 죽고자 했다면 지금 당장 컨테이너 밖으로 달려나가 뛰어들면 끝날 일이었다. 인어들이 자신을 씹어먹든 피를 빨아대든 그저 물길에 몸을 맡기면 끝날 일. 하얀 얼굴이, 물 위에서 자신을 선명하게 보던 얼굴이 속삭였다. 사실은 살고 싶지? 혜민은 혈색이 돌고 있는 제 손을 내려다보았다. 무언가 낯설었다. 조각 하나가 빠져버린 퍼즐처럼.

"……시계가 없어졌어요."

"뭐라고요?"

"손목에 차고 있었는데…… 없어졌어요."

혜민은 손목을 들어 보였다. 싸구려 손목시계가 찰싹 달라붙어 있던 손목엔 아무것도 없었다. 대신 누군가가 강하게 찍어 누르고 간 손톱자국만이 아직까지 선명할 뿐이었다. 초승달 모양으로 팬 자국은 아무리 문질러도 지워지지 않았다.

여자가 탄식을 터뜨리며 이마를 짚었다. 혜민은 무언가 잘

못되었음을 본능적으로 직감했다.

아무래도 밤이 길어질 모양이었다.

＊

바람 한 점 불지 않는 인어의 강. 그 한가운데에는 직사각형 모양의 판이 아슬아슬하게 수평을 맞추며 떠 있다. 그 위에는 조금 전 혜민이 앉아 있었던 컨테이너가 자리를 잡고 있다. 빛이라고는 컨테이너 창문 너머로 희미하게 새어 나오는 것이 전부였다. 물 위에 있다고 믿어지지 않을 만큼 고요하고 안정적이어서, 검은 땅 위에 서 있는 것 같은 착각을 불러일으켰다.

놀라거나 동요하는 법이 없던 헬퍼는 혜민의 손목시계가 사라졌단 이야기를 듣자마자 부산스러워졌다. 인어들이 간혹 인간이었을 때 지니고 다니던 물건을 탐낼 때가 있다고 했다. 주인을 잃고 버려진 물건들을 들고 다니는 걸 본적은 있었지만, 이번처럼 산 사람의 물건을 노리고 덤벼든 건 처음이라고. 인어의 강에서 물건을 잃어버린 인간은 강을 떠날 수 없다고 한다. 물건을 찾지 못하면 영영 강에 발목을 담고고 있는 셈이다. 헬퍼는 동이 트기 전에 무조건 시계를 찾아야 한다며 혜민을 밖으로 몰았다. 둥근 달이 두 사람을 지켜보며 무료하게 흐르고 있었다.

혜민은 한구석에 줄로 묶여 있는 오리배를 보자마자 헛웃음을 뱉었다.

"지금 저보고 이걸 타라고요?"

"수색할 때는 오리배가 최고예요. 시간 없으니까 빨리 타세요.

헬퍼가 오리배 위로 한 발을 딛자마자 오리는 금방이라도 뒤집어질 듯이 위험하게 출렁였다. 심장이 조여드는 감각에 잠시 자리에서 숨을 골랐다. 혜민을 향해 손을 내밀고 있던 헬퍼가 손을 흔들며 재촉했다.

"물이 무서우면 눈감고 페달만 밟아요. 방향은 제가 잡을 테니까."

실로 합리적이고 공평한 제안이었다.

"……그 정도까진 아니에요."

혜민은 헬퍼의 손을 잡고 오리배 위로 걸음을 옮겼다. 눈을 질끈 감고 페달만 밟고 있을 꼴이 우스워 내뱉은 말이었는데 실제로도 그렇게까지 물이 무섭진 않았다. 이상한 일이었다.

오리배가 서서히 컨테이너에서 멀어지자 안개가 모여들었

다. 물안개가 드넓은 장막처럼 펼쳐지며 주위를 감쌌다. 컨테이너에서 흘러나오던 희미한 빛마저 사라지고 안갯속을 헤매는 와중에도 헬퍼는 동요 없이 핸들을 돌렸다. 뿌연 안갯속에서 부지런히 페달을 밟았다. 물이 튀기는 소리만 가끔 고요하게 울렸다. 공기는 축축하고 무거웠다.

오리배는 선명하게 빛나는 달 아래에 멈췄다. 헬퍼의 손길에 페달에서 발을 뗀 혜민은 주위를 살폈다. 창백한 얼굴들이 수면 위로 하나둘 고개를 내밀기 시작했다. 호기심 어린 눈으로 오리배를 보던 인어들은 유유히 헤엄치며 그들을 향해 다가왔다. 수면 아래에서 그들의 몸은 뿌옇게 빛났다.

인어들의 생김새는 다양했다. 흰자가 없어 두 눈이 온통 시커멓다는 것만 이 인어들의 유일한 공통점이었다. 물고기의 몸체에 인간의 얼굴만 붙어 있는 형태를 한 인어가 오리배 가까이 다가왔다. 팔 대신 매끄러운 지느러미가 선명했다. 그의 얼굴은 주름이 짙게 새겨진 중년 남성의 것이었다. 텅 빈 눈동자가 혜민의 얼굴을 잠시 바라보다가 강 아래로 사라졌다. 물방울이 튀었다. 얼굴이 시리도록 차가워서 정신이 번쩍 들었다. 어느새 곁으로 다가온 또 다른 인어가 오리배 주위를 맴돌았다. 축축이 젖은 짧은 단발머리 아래로 섬세하게 새겨진 아

가미가 보였다. 목 아래부터 물고기의 형태를 하고 있는 인어
는 지느러미 대신 사람의 팔을 가지고 있었다. 오리배를 툭툭
건드리는 손가락 사이사이로 물갈퀴가 따라 흔들렸다.

긴 머리를 하나로 묶고 있던 인어가 광대 아래까지 찢어진
입을 살며시 벌렸다. 그 안으로 빽빽하게 자리를 잡은 이빨에
놀란 혜민이 살짝 뒤로 물러났다. 인어는 더 이상 다가오지 않
고 입을 벌린 채로 가만히 혜민을 지켜보았다. 그게 미소라는
걸 깨닫는 데는 시간이 좀 걸렸다. 그 미소를 보니 문득 떠오르
는 얼굴이 있었다. 혜민은 본능적으로 고개를 들었다. 저 멀리,
무리에 섞이지 않고 고요하게 홀로 떠 있는 인어가 있었다. 익
숙한 얼굴, 기절하기 전에 혜민을 보며 히죽거리고 있던 그 얼
굴, 아주 오랜만에 마주하는 얼굴. 혜민은 수면 아래를 살피느
라 정신없는 헬퍼에게 물었다.

"49일이 지나면 완전히 물고기가 되는 거 아니었어요?"

"보통 그렇긴 한데…… 가끔 49일이 지나도 인어로 남아 있
는 영혼들이 있어요. 미련이 많으면 그렇다고 하더라고요."

"……."

"……아는 얼굴인가요?"

창백하게 질린 얼굴은 아까처럼 고개를 기괴하게 꺾은 상

태로 다가왔다. 물 아래로 언뜻 비치는 몸은 인간과 물고기 그 경계에 애매하게 걸쳐져 있는 것처럼 보였다. 두 팔이 달려 있는 상반신은 인간의 형태였으나 온통 비늘로 덮여 살갗이 보이지 않았다. 꼬리를 유연하게 움직이며 가까이 다가온 인어는 수면 위로 천천히 손바닥을 들어 올렸다. 그 위엔 잃어버린 혜민의 손목시계가 놓여 있었다. 혜민은 인어의…… 유정의 시커먼 두 눈을 바라보았다.

유정이 다리에서 몸을 던진 건 오래전이었다. 혜민은 그날 늦은 회식을 하고 잔뜩 취한 상태로 대교를 건넜다. 만약 회식이 조금만 더 늦게 끝났더라면, 속이 좋지 않아 대교를 두 발로 걸어갔다면 유정을 막을 수 있었을까. 그런 상상을 했던 것마저 흐릿할 정도로 시간은 야속하게 흘렀다. 남은 건 물뿐이었다. 끝을 알 수 없을 정도로 깊은 물. 무시무시한 함정처럼 입을 벌리고 있는 물. 바라보는 것만으로 목구멍까지 가득 차오르는 것 같은 물.

시계가 달빛 아래서 반짝이자마자 오리배 주변을 맴돌던 인어들이 득달같이 달려들었다. 유정은 재빠르게 뒤로 물러나며 길게 찢어진 입을 벌렸다. 날카로운 이빨이 모습을 드러내며 인어들을 위협했다. 시계에 시선을 고정한 인어들이 주춤 거리며 수면 아래로 사라졌다. 다시 한번 오리배로 가까이 다가온 유정이 필사적으로 손바닥을 들어 보였다. 물에 젖은 시계는 혜민이 물속에 잠기던 순간을 가리킨 채로 멈춰 있었다.

"받으세요, 일부러 가지고 온 것 같은데."

헬퍼의 조심스런 목소리를 따라 혜민은 손을 내밀었다. 공중에 떠 있는 혜민의 손가락이 벌벌 떨렸다. 빛나고 있다는 착각이 들 정도로 창백한 유정의 손가락은 기계처럼 고정된 상태로 꿈쩍도 하지 않았다. 뿌연 안개를 뚫고 둘의 손가락이 금방이라도 맞닿을 듯 가까워졌다.

쌩, 하고 허공을 가르는 소리가 날카롭게 울린 건 그 순간이었다. 날카롭고 긴 무언가가 저 멀리서 날아와 유정의 어깨를 스치고 물속으로 사라졌다. 손바닥에 놓여 있던 손목시계는 힘없이 떨어져 물 아래로 가라앉았다. 멀리서 오리배를 지켜보고 있던 인어들이 거대한 입을 쩍 벌리고 동시에 새된 비명을 질렀다. 날카로운 쇳소리는 공포와 두려움이 섞인 일종의 경고 메시지였다.

욕을 내뱉은 헬퍼가 오리배 밖으로 몸을 내밀고 있던 혜민의 어깨를 잡아끌었다. 빨리 가야 한다고 재촉하는 목소리에 혜민은 영문을 모른 채 멍하니 고개를 돌렸다. 대교의 기둥을 둘러싸고 있는 자그마한 땅 위에 무언가 서 있었다. 족히 2미터는 되어 보이는 거대한 키에 두 팔은 땅에 끌릴 정도로 길었다. 안개 너머로 형체만 간신히 보이는 그것은 쥐고 있던 무언가를 뒤로 당겼다가 공중을 향해 던졌다. 도망갈 새도 없이 날아온 작살은 귀가 찢어지는 파열음과 함께 오리배 옆에 내리꽂혔다. 물이 튀었고 오리배가 출렁거렸다. 사방에서 인어들의 비명이 살벌하게 울려 퍼졌다. 헬퍼가 페달을 밟으면서 핸들을 잡았다. 얼굴에 쏟아진 물을 닦아내며 반사적으로 페달을 밟기 시작한 혜민이 마지막으로 돌아보았을 때, 유정은 이미 사라지고 없었다.

"대체 뭐예요?"

헬퍼는 대답하지 않았다. 최선의 속력을 내고 있는 오리배를 따라 작살이 끊임없이 날아왔다. 오리배를 따라 헤엄치던 인어들은 계속해서 비명을 내질렀다. 고요하던 인어의 강은 순식간에 아수라장이 되었다. 물이 튀었고, 비명이 난무했고, 오리배는 아슬아슬하게 흔들렸다. 혜민은 눈을 질끈 감은 채로 무작정 페달을 밟았다. 출렁이는 물살을 보고 있으니 속이 메슥거려 눈을 뜨기가 힘들었다.

얼마나 달렸을까, 그들의 앞에 거대한 기둥이 나타났다. 대교를 지탱하고 있는 기둥 중 하나였다. 기둥 주위를 둘러싸고 있는 땅은 정체를 알 수 없는 무언가가 서 있던 곳과 같이 둥근 형태였다. 기둥 근처에 오리배를 멈춰 세운 헬퍼가 숨을 몰아쉬었다. 젖은 머리카락을 넘기던 혜민도 심호흡을 하며 정신을 붙들었다. 주위를 둘러보니 그들을 따라 도망친 인어들이 여전히 흥분한 채로 배 주위를 맴돌고 있었다. 저것들은 또 뭔데요? 혜민이 당황해 소리 질렀다.

"낚시꾼들이 나타날 줄은 몰랐는데……."

"낚시꾼이라고요?"

"인어를 노리는 것들이에요. 하필 오늘……."

자리에 앉아 있던 헬퍼는 갑자기 걸치고 있던 점퍼를 벗어 던지고 오리배 천장에 붙어 있던 지도를 잡아 뜯었다. 강의 모습을 그리고 있는 지도에는 대교를 받치고 있는 기둥들과 컨테이너의 위치가 표시되어 있었다. 헬퍼의 손가락이 초조하게 지도 위를 움직였다.

"잘 들으세요, 당신이 해야 할 일이 하나 있어요. 지금 우리가 여기에 있으니까……."

설명이 귀에 들어올 리 없었다. 물속에서 인어들이 날뛰었다. 그들이 다급하게 오리배 주변을 맴돌 때마다 배는 중심을 잃고 출렁였다. 혜민은 헬퍼의 목소리를 무시하고 오리배 밖으로 몸을 내밀었다. 급하게 발을 내디딘 탓에 그대로 땅 위로 고꾸라졌지만 다행히 물에는 닿지 않았다. 차갑고 단단한 기둥에 손을 대고 있으니 그제야 숨통이 트였다. 안전한 땅 위에 두 발을 딛고 서 있다는 게 이토록 안심이 되는 줄은 미처 몰랐다.

"괜찮아요?"

헬퍼가 지도를 손에 쥔 채로 혜민을 따라 내렸다. 옷에 묻은 물기를 털다 말고 혜민은 끓어오르는 화를 억눌렀다. 성질대로 소리를 질렀다간 또 무슨 일이 벌어질까 두려워서, 이를 악물고 헬퍼를 노려보았다.

"……돌려보내줘요."

"네?"

"땅으로 돌려보내주세요, 지금 당장."

꿈이라면 아직 늦지 않았다. 지금이라도 깨면 괜찮았다. 꿈이 아니더라도 좋았다. 죽기 전에 마지막으로 보는 환영이라도 이 정도면 충분히 즐겼다. 아무것도 존재하지 않는 무의 세계로 지금 당장 떠나도 괜찮으니, 이곳에서의 시간은 끝났으면 했다. 지금처럼 단단한 땅 위에 잠시라도 편안하게 서 있을 수 있다면 뭐라도 좋았다. 조금 전까지 헬퍼가 정신없이 뱉은 말들이 조각나 공중을 부유하다가 이제야 하나로 엮이기 시작했다. 헬퍼의 손에서 팔랑거리고 있는 지도를 보자니 절로 웃음이 터졌다. 나보고 하라고? 지금 저걸? 혜민은 어이가 없었다.

"나 못 해요, 인어고 뭐고 강에는 1초도 더 있기 싫으니까 돌려보내줘요."

"아까 말했잖아요, 시계를 찾지 않는 이상은……."

"그놈의 시계고 뭐고 필요 없으니까……."

분에 못 이겨 소리를 지르던 혜민은 제가 뱉은 말에 놀라 입을 다물었다. 팔목에 남은 손톱자국은 여전히 지워지지 않고 선명했다. 있어야 할 게 사라진 자리는 불안을 남겼다. 그저 잠깐 시선을 준 것만으로도 뱉은 말을 후회하고 스스로를 비난하게 만들었다. 있어야 할 게 사라진 자리. 가죽을 한 꺼풀 벗겨낸 듯 창백한 자리.

혜민의 침묵이 길어졌다. 헬퍼는 지도를 바닥에 펼치고 혜민과 두 눈을 맞췄다. 흰자가 분명하게 자리 잡은 눈을 보고 있으니 궁금해졌다. 그는 언제부터 이 강을 떠나지 못하고 있었을까?

"낚시꾼들에게 잡혀간 인어의 영혼은 영원히 구원받지 못합니다."

헬퍼의 손가락이 다시 지도 위를 매끄럽게 움직였다.

"컨테이너에 낚시꾼들을 쫓아낼 수 있는 무기가 있어요. 제가 헤엄쳐서 컨테이너로 갈 동안에도 낚시꾼들이 쫓아올 거예요. 물에서는 그렇게 빠른 편이 아니니까, 오리배를 끌고 인어들이랑 여기까지만 가면 됩니다. 제가 돌아올 때까지 시간을 벌어주세요. 이걸 불면 인어들이 소리를 듣고 따라올 거예요. 최대한 많은 인어를 데리고 도망가야 해요."

툭툭, 손가락이 무심하게 지도 위 어딘가를 두드렸다. 혜민은 헬퍼가 건드리는 곳마다 짙은 얼룩이 퍼졌다가 사라진다는 걸 뒤늦게 깨달았다. 헬퍼가 주머니에서 꺼낸 호루라기를 힘있게 불자 소름 끼치도록 기괴한 소리가 잠깐 울렸다가 사라졌다. 짧은 소리에도 더 많은 창백한 얼굴들이 오리배 근처로 모여들었다. 물속으로 뛰어들기 직전, 헬퍼는 마지막으로 뒤를 돌았다.

"친구분한테 무슨 일이 생기면 큰일이니까요.…… 오래 기다리신 것 같던데."

헬퍼는 그대로 강에 몸을 던졌다. 거침없이 물을 튀기며 나아가는 그를 몇몇 인어들이 반사적으로 따라가려는 듯 움직였다. 혜민은 저도 모르게 호루라기를 불었다. 삐익도 아니고 끼익도 아닌, 그 사이 어딘가에 있을 법한 괴상한 소리가 났다.

혜민은 호루라기를 연거푸 불면서 지도를 집어 들었다. 오리배에 몸을 구겨넣고, 심호흡을 하며 핸들을 잡았다.

*

낚시꾼들은 무섭도록 빠르게 뒤를 쫓아왔다. 혜민은 날아오는 작살을 간신히 피하는 아슬아슬한 순간을 몇 번 거치며 쉼 없이 페달을 밟았다. 혼자서 낼 수 있는 속력에는 한계가 있었지만 이젠 제법 능숙해진 손놀림으로 핸들을 돌렸다. 틈만 나면 호루라기를 삐익 끼익 불어댄 덕분에 오리배 주변을 맴돌고 있는 인어들의 수는 아까보다 배로 불었다. 창백하게 빛나는 인어들이 무리를 지어 둥둥 떠 있으면 꼭 한 마리의 고래처럼 보였다. 새하얗고 신비롭고 거대한 고래 한 마리.

낚시꾼들의 수가 얼마나 되는진 몰라도, 작살이 날아오는 방향이 점점 다양해지고 있었다. 다리에 쥐가 날 것 같았다. 꿈이는 환영이든 간에 만약 혜민에게 내일이 허락된다면 어마어마한 근육통으로 고생하리란 직감이 들었다. 눈으로 대충 지도를 훑으며 마지막 힘을 다해 페달을 밟았다. 조금만 더 가면 또 다른 기둥이 나타난다. 그 근처에서 기다리고 있으면 헬퍼가 헤엄쳐 올 것이다. 혜민은 마지막으로 호루라기를 불었다. 한 명이라도 더 많은 인어가 듣기를 바라는 마음이었다. 불쾌하고 날카로운 소리가 허공을 가르고, 인어들은 그에 화답이라도 하듯 입을 벌리고 비슷한 소리를 냈다.

따돌렸나? 시야에 목적지인 기둥이 들어오자 혜민은 잠시 힘을 풀었다. 조금 전부터 쉬지 않고 날아오던 작살들이 거짓말처럼 뚝 끊긴 상태였다. 수십, 어쩌면 수백 마리가 될지도 모르는 인어들은 검은 눈으로 혜민을 좇고 있었다. 혜민은 이제 알 수 있었다. 동공이 보이지 않는 눈이었지만 그들은 분명 자신을 보고 있었다. 가지각색의 얼굴들. 누군가는 물고기의 몸을 하고, 누군가는 반쯤 생기다만 아가미를 가지고 있고, 누군가는 온몸에 비늘을 잔뜩 덮고 있다. 그런데 그 수많은 얼굴 중 유정의 얼굴은 보이지 않았다.

쾅, 하는 소리와 함께 물보라가 일었다. 작살이 꽂힌 자리 근처에 떠 있던 인어들이 소스라치게 놀라며 물속으로 사라졌다. 누군가가 상처를 입었는지 언뜻 한 지점의 물이 붉게 물드는 듯했다. 혜민은 있는 힘을 다해 호루라기를 불었다. 기둥이 코앞이었다. 뒤를 돌아보자 수면 위를 미끄러지듯이 헤엄치는 거대한 형체가 눈에 들어왔다.

오리배가 기둥 가까이 멈춰 선 순간, 작살 하나가 날카롭게 허공을 갈랐다. 혜민은 본능적으로 배 바깥으로 몸을 날렸다. 기둥을 둘러싼 둥근 땅 위로 둔탁하게 착지하며 뒹굴자마자 작살이 오리배를 내려찍었다. 작살은 오리배의 천장을 뚫고 들어와 깊숙이 박혔다. 바닥에 부딪힌 팔꿈치와 무릎이 쪼개지듯 아팠다. 부여잡고 구르는 와중에도 혜민은 간절히 주변을 살폈다. 헬퍼는 보이지 않았다. 시간이 없었다.

혜민은 절뚝거리며 기둥을 짚고 일어났다. 낚시꾼들이 오고 있는 방향의 반대로, 기둥 뒤로 호루라기를 불며 걸었다. 인어들은 혜민의 소리를 따라 기둥 뒤로 헤엄쳐 왔다. 혜민은 기둥 뒤로 넓게 펼쳐진 강을 바라보며 손짓을 했다. 나름대로 방향을 제시하는 몸짓이었지만 인어들은 혜민의 말을 듣지 않고 그 자리에 가만히 둥둥 떠 있었다. 혜민은 답답함에 호루라기를 바닥으로 던졌다. 절뚝이는 다리로는 더 이상 오리배를 몰 수도 없었다. 인어들만이라도 조금 더 멀리 도망가도록 해야 했다.

"가라고요! 도망치라니까!"

아무리 손짓발짓을 해가며 소리를 질러도 인어들은 텅 빈 눈으로 혜민을 바라볼 뿐이었다. 하나하나 붙잡고 가라고 밀어내기에는 그 수가 너무 많았다. 혜민은 고래고래 소리를 내질렀다. 자꾸 목이 막혔다. 인어들이 너무 많았다. 여기서 죽은 사람들이 너무 많았다. 혜민은 바닥을 치며 필사적으로 외쳤다. 가라고, 좀! 도망가라고!

탕, 하는 소리와 함께 낯선 비명 소리가 났다. 인어들의 소리보다 몇 배는 더 괴상하고 깊은 비명이었다. 어느새 가깝게 다가와 있던 낚시꾼 하나가 중심을 잃고 버둥거리다 물속으로 풍덩 빠졌다. 기둥 반대편으로 돌자마자 흠뻑 젖어 주저앉아 있는 헬퍼가 보였다. 혜민은 반가움의 탄성을 질렀다가, 헬퍼의 손에 들린 무기를 보자마자 얼굴을 구겼다.

"……새총?"

"보기엔 이래도 효과는 좋아요."

탕, 탕, 탕. 일반 새총과는 달리 긴 막대가 붙어 있는 총은 헬퍼가 쇠구슬을 장전하고 잡아당길 때마다 뒤로 주욱 늘어났다. 백발백중의 손놀림에 낚시꾼들은 등에 멘 작살과 함께 물속으로 사라졌다. 헬퍼가 새총을 쏘고 장전하길 반복하며 낚시꾼들과 대치하는 동안 혜민은 호루라기를 주워 인어들을 그 반대편으로, 기둥 뒤로 최대한 몰았다. 총소리가 멈추고 강이 고요해지기까지는 오랜 시간이 걸리지 않았다. 살았다. 혜민이 그런 생각을 하며 희미하게 미소를 지었다. 창백한 얼굴들이 혜민을 따라 입술을 들어올렸다. 물 위를 드넓게 감싸고 있던 안개의 장막마저 서서히 걷히기 시작하자, 새총과 호루라기를 내려놓고 숨을 고르던 두 사람의 시야에 마지막 낚시꾼의 형체가 드러났다.

낚시꾼은 혜민에게서 얼마 떨어지지 않은 또 다른 기둥 아래에 있었다. 혜민은 처음으로 낚시꾼을 또렷한 눈으로 보았다. 거구의 낚시꾼은 꼭 사마귀 같았다. 눈이 있어야 할 자리가 뻥 뚫린 얼굴은 온통 새까맸다. 바닥까지 닿는 양팔은 사마귀의 앞발처럼 거대한 낫 모양으로 끝이 날카로웠고 작살을 던질 수 있게 집게발 형태를 하고 있었다. 축 늘어진 검은 몸 아래로 짧은 두 다리가 무게를 지탱했다. 낚시꾼은 작살을 던지는 대신 물을 향해 한쪽 팔을 내밀었다. 팔 끝에 익숙한 물건이 걸려 있었다. 혜민의 손목시계. 낚시꾼은 시계가 흘러내리지 않도록 천천히 움직였다. 낚시꾼의 코앞에서 머뭇거리고 있는 인어를 보자마자 혜민은 자리에서 펄쩍 뛰어올랐다. 유정이었다. 유정이 거기 있었다.

혜민은 여전히 물이 무서웠다. 출렁이는 검은 강물을 바라볼 때마다 가슴이 답답하고 머리가 멈추고 손발이 떨렸다. 목구멍에 커다란 무언가가 가득 찬 것처럼 구역질이 났고 눈물이 줄줄 흘렀다. 그러나 깊이 생각할 겨를이 없었다. 무엇이든 해야 했다. 지금까지 저 자그마한 오리배 하나를 타고 드넓은 강을 가로질러온 이유는 하나였다.

헬퍼가 무어라 외치는 것을 흘려들으며 혜민은 그대로 물속으로 뛰어들었다. 정수리까지 온통 시원하게 적셔지는 감각이 들었다. 힘없이 늘어져 있던 두 다리와 양팔이 저절로 떠올랐고, 뿌연 시야 속에서도 번쩍이는 유정의 비늘이 선명하게 보였다. 유정이 죽은 이후로 한 번도 수영을 하지 않았으니, 이렇게 물속에서 헤엄치는 건 실로 몇 년 만이었다.

수면 위로 고개를 들자마자 보이는 건 유정을 향해 서서히 작살을 들어 올리는 낚시꾼이었다. 매끈하고 차가운 무언가가 살갗에 닿았다. 시커먼 유정의 두 눈이 바로 코앞에 있었다. 혜민은 유정을 물속으로 밀어 넣으며 그 앞을 막아섰다. 낚시꾼의 작살이 혜민의 어깨를 덮쳤다. 찢어지는 고통과 함께 비명이 생생하게 울렸다. 혜민의 비명이 아니었다. 이빨을 드러내며 울고 있는 인어들의 비명이었다.

어깨에서 붉은 줄기가 피어올랐지만 축축하고 컴컴한 수면 아래는 침대처럼 편안하고 따뜻했다. 핏줄기를 헤치고 튀어나온 창백하고 하얀 얼굴. 광대까지 찢어진 입은 괴상하게 일그러져있었으나 더 이상 무섭게 보이지는 않았다. 혜민은 물속으로 깊게, 더 깊게 가라앉았다.

*

혜민이 강변에서 정신을 차렸을 땐 어둠이 한층 사라진 뒤였다. 푸르스름한 새벽빛이 밝았다. 입에 고여 있던 물을 뱉자 헬퍼가 뒤를 돌았다. 발목까지 강에 잠겨 있는 채로, 그는 한 발 더 다가오지 못했다. 그 옆에 정박되어 있는 오리배는 거대한 구멍이 뚫렸지만 다행히 멀쩡하게 움직이는 듯했다. 오리배에 걸터앉아 있는 유정을 보자 혜민은 마지막 인사를 해야 할 때라는 걸 본능적으로 느꼈다. 푸른 새벽빛과 비슷한 색으로 번쩍이는 유정의 비늘 몇 개가 손바닥에 놓여 있었다.

혜민은 절뚝이며 자리에서 일어났다. 물속으로 한 발을 내

디디려 하자 헬퍼가 손을 들어 혜민을 막았다. 고작 한 발이었는데, 어느새 그들 사이의 경계는 한층 더 멀어져 있었다. 물이 머무는 곳과 그렇지 않은 곳. 혜민은 메마른 땅 위에 선 채로 유정을 보았다. 유정도 혜민을 보았다.

할 말이 많았다. 너무 많아서 차고 넘칠 지경이었다. 연락을 받지 않아서 미안해, 연락을 하지 않은 것도 미안해. 바빴고, 정신이 없었어. 네 소식을, 돌이킬 수 없는 소식을 듣고도, 내 잘못을 죽어도 인정하기 싫어서…… 무서워서…… 혜민은 입을 꾹 다문 채로 뒤죽박죽 섞여버린 문장들을 곱씹었다. 인정하기 싫어서 감추고 숨기기 바빴던 죄책감과 사과는 물속 깊이 봉인되었고 그 후로 혜민은 물을 들여다볼 수 없었다. 그 아래에 무겁게 가라앉아 있는 자신이 보이는 것 같았다. 입 밖으로 뱉지 못한 말들을 삼키고 또 삼키는 동안 찰박이는 물소리만 들렸다.

유정은 입을 다시 한번 길게 찢고, 그 속으로 보이는 수십 개의 이빨들을 드러내며 웃었다. 혜민은 자신이 무엇을 해야 하는지 알았다.

씨익, 똑같은 웃음을 되돌려 주자 유정은 그제야 오리배에서 내려와 물속에 몸을 담근다. 목까지 잠긴 채로 잠깐 시선을 맞췄다가 미련 없이 뒤로 돌았다. 서서히 멀어지는 유정은 새벽빛 아래에서 쉼 없이 반짝였다. 손에 쥐고 있던 유정의 비늘은 어느새 흔적도 없이 녹아버렸다.

"드디어 돌아갈 수 있는 시간이네요."

헬퍼가 멋쩍게 웃었다. 미안함이 가득 담긴 얼굴에 혜민은 고개를 절레절레 흔들었다. 헬퍼는 허공에 손을 내밀었다. 고맙고 미안했어요. 혜민은 그 손을 마주 잡기 전에 머릿속을 가득 채웠던 의문을 입 밖으로 던져보았다.

"여기엔 얼마나 오래 있었던 거예요?"

"30년 조금 안 됐죠. 아직 다 채우려면 멀었어요."

묘하게 촌스러운 느낌을 주던 옷, 말투, 물에 잠긴 것처럼 흐린 이목구비. 혜민은 마지막으로 여자의 모습을 기억하려고 노력하면서 손을 맞잡았다. 닿은 손은 역시나 물기에 젖어 축축했다.

"죽을 때 입고 있던 옷이에요. 잘못 죽었다간 저처럼 평생 여기에 묶여요. 맘에 안 드는 거 입고 몇백 년 살긴 싫을 테니까, 몇백 년 살아도 안 질리는 옷으로 신중하게 고르세요. 웬만하면…… 뛰어들지 마시고."

손을 떼자마자 물기는 신기루처럼 금세 사라져버렸다. 헬퍼의 얼굴 역시, 뿌옇게 조금씩 조금씩 지워지기 시작했다. 저도 모르게 손목을 매만지던 혜민은 익숙한 감촉에 고개를 숙였고, 살갗처럼 제자리에 채워져 있는 시계를 제대로 살피기도 전에 정신을 잃었다.

구급대원이 혜민을 흔들어 깨웠다. 아침 산책을 하던 이들이 혜민의 근처에 모여 웅성거렸다. 구급대원들의 손길에 몸을 맡긴 채로, 혜민은 그들의 목소리를 따라 물을 뱉고 눈을 깜빡이고 손을 올리며 최선을 다했다. 혜민은 곧 들것으로 옮겨졌다. 근심 섞인 목소리에도 아랑곳않고 손목을 들어 시계를 살폈다. 서서히 희미해지고 있는 손톱자국 위로 시계는 뒤집어진 채로 얌전히 채워져 있었다. 시계 뒤편에 새겨진 각인이 눈에 들어왔다. 너무 오래전이라 잊고 있던 각인. 뒤집어보지 않아 까맣게 잊어버렸던, 오랫동안 물속에 가라앉아 있었던 메시지였다. 유정이 혜민에게.

혜민은 서서히 강과 멀어지기 시작했다. 마지막으로 바라본 강은 바람 한 점 불지 않아 고요했다. 평온한 수면 위로는 어떤 창백한 얼굴도 보이지 않았다. △

●Live

서이제

창문 밖으로

그가 지나간다.

그는 지나가고 있다.

저기, 주문이요. 손님이 내게 말을 걸지 않았더라면, 내 시
선은 창문 밖에 조금 더 머물렀을 것이다. 네, 주문 도와드리겠
습니다. 손님이 커피를 주문하는 사이, 그는 창문 밖 풍경 속에

서 완전히 사라진다. 그는 기어코 사라진다.

제1막

■

그 사람이었다. 너와 연락을 주고받는, 그러니까 언젠가 너에게 다정한 내용의 메시지를 보냈던 그 사람이 맞았다. 그는 단역배우였다. 단 한 컷, 단 한마디 대사를 뱉기 위해 이곳에 온 사람. 나는 그의 이름을 몰랐지만 그를 알고 있었다. 나는 그를 처음 만났지만 그를 만나기 훨씬 전부터 그를 알고 있었다. 나는 카메라로 그의 사진을 찍었다.

■

그의 존재를 알게 된 건 두 달 전이었다. 그날 저녁, 너는 주방에서 김치볶음밥을 만들고 있었다. 우리가 함께 사는 작은 방 안에는 고소한 기름 냄새가 가득했고, 나는 그 냄새를 맡으며 테이블을 닦고 있었다. 나 그거 진짜 할까? 저번에 말했던 거 말이야. 생각 좀 해보고 다시 연락을 주겠다고 했는데. 그 당시 나는 지인으로부터 드라마 메이킹 촬영을 할 생각이 있냐는 제안을 받은 상태였다. 아직도 그걸 고민하고 있었어? 그거 하면 한동안 다른 일은 못 하니까. 그리고 나는 그 일을 해본 적도 없으니까 더 걱정이 되기도 하고, 괜히 갔다가 고생만 하고 오는 거 아닌가 해서. 그때 침대 쪽에 진동이 울리는 것을 느꼈다. 너의 휴대폰 진동이었는데, 너는 주방 쪽에 있어서 그 소리를 듣지 못한 것 같았다. 너의 휴대폰 디스플레이가 밝게 빛나고 있는 동안에도, 너는 김치볶음밥을 만들고 있었다. 몇 초 지나지 않아 디스플레이는 다시 꺼졌지만 나는 직감할 수 있었다. 너에게 다른 사람이 생겼다는 것을. 디스플레이가 꺼진 후에도, 너에게 메시지를 보낸 사람의 프로필 이미지는 머릿속에서 쉽게 지워지지 않았다. 나는 네가 여러 가지 일을 해보면 좋은 것 같은데. 그거 하면 연예인도 보고 그러는 거 아니야? 재미있을 것 같은데. 너는 가스레인지 불을 끄며 내게 말했다.

메시지를 끝까지 읽지는 못했지만, 얼핏 앞부분만 보아도 다정함이 묻어나오던 문장들. 내가 정확하게 기억하고 있는 것들. 보고 싶다는 말과 하트, 웃고 있는 얼굴의 이모티콘. 나는 너 몰래, 너의 인스타그램 팔로워를 모두 샅샅이 뒤졌다. 내가 기억하고 있는 그 프로필 사진 속 얼굴을 찾으려고. 300여 명의 팔로워 중 그를 찾아내는 건 그리 어려운 일이 아니었다. 나는 단 몇 분 만에 그의 계정을 찾을 수 있었다. 그러나 그 이상의 정보는 알 수 없었다. 그의 계정은 비공개 계정이었다. 나 또한 비공개 계정으로, 그에게 팔로우 신청을 해보았지만 받아들여지지 않았다. 내가 너무 예민하게 반응하는 걸까. 어쩌면 이건 나 혼자만의 의심이거나 망상일 수도 있다. 둘은 내가 생각하는 그런 사이가 아니라, 그냥 아주 절친한 친구 사이일 수도 있다. 보고 싶다는 말과 하트 정도는 얼마든지 주고받을 수 있는 사이.

저 사람 누구예요? 어떻게 캐스팅 된 거예요? 점심을 먹다가, 옆자리에 앉은 연출부 스태프에게 물었다. 단역은 다 오디션으로 뽑았을걸요. 저도 자세한 건 모르겠어요. 근데 저 사람 이유미 감독 그 영화에도 나오잖아요. 아, 그 망한 영화요? 네, 거기 경찰 중에 한 명으로 나와요. 와, 나 그거 봤는데 진짜 하나도 기억 안 난다. 어쨌든 저분 대학로에서 연극도 하고, 영화나 드라마 단역으로 종종 나오는 것 같더라고요. 아, 그렇구나. 나는 연출부 스태프를 통해 그의 이름을 알게 되었다. 그의 이름을 알게 되니 그에 대해 더 많은 것들을 알 수 있었다. 그의 나이와 필모그래피, 출생지와 출신 대학 등. 그의 이름을 포털 사이트에 검색만 하면 되었다. 그런데 너는 도대체 이 사람을 어떻게 알게 된 걸까. 아니, 이 사람은 도대체 너를 어떻게 알게 된 걸까. 대학로에서 연극을 하다가 알게 된 사이일까. 대학로가 아무리 좁다고 해도, 같은 작품에 출연한 적도 없는 사람들끼리 알게 될 수 있을까. 나는 모니터링을 하면서 감독과 대화를 나누고 있는 그를 바라보며 알 수 없는 감정에 휩싸였다. 세상이 아무리 좁다고 해도 어떻게 이런 일이. 어떻게 우리가,

이곳에서, 이런 식으로 마주칠 수 있단 말인가.

■

　너는 언제부턴가 휴대폰을 붙잡고 알 수 없는 미소를 짓거나 누군가와 전화를 하러 밖으로 나갔다. 담배를 사러 편의점에 다녀오겠다고 말하고는 몇 시간 동안 집에 들어오지 않은 적도 있었다. 너는 담배를 사러 나갔다가 밤공기가 좋아서 산책을 하고 왔다고 했다. 술에 취해 새벽 늦게 들어오는 날들도 점점 늘었다. 아르바이트를 함께하는 동생들과 술을 마셨다고 했다. 요즘 사장님과 아르바이트생들이 사이가 좋지 않다고, 사이가 좋지 않아서 자기들끼리는 사이가 좋아졌다고. 나는 그런 너를 의심하면서도 추궁하지는 않았다. 추궁하지 않는 것이 좋을 것 같았다. 이대로 지내는 게 좋았기 때문이다. 여기서 상황이 크게 바뀌지 않았으면 했다. 나는 네가 어느 날 갑자기 내게 헤어지자고 말할까 봐, 그렇게 우리가 헤어지게 되어 네가 이 집을 나가게 될까 봐 두려웠다. 언젠가 우리가 헤어져서 네가 이 집을 나가게 되더라도 지금은 아니었다. 그러고 싶지는 않지만, 자꾸만 현실적인 문제를 생각하게 되었다. 월세를 나 혼자 충당해야 하는 상황이 벌어지는 것. 현재로는 혼자서 월세를 부담할 자신이 없었다.

■

2년 전까지만 해도 나는 이 집에 혼자 살고 있었다. 상수역에서 도보로 20분 거리에 있는 작은 원룸. 그 당시 나는 합정동 쪽에 위치한 사진 스튜디오에서 일을 하고 있었다. 그리고 그곳에서 너를 만났다. 지금 와서 돌이켜보면 나조차 나를 이해할 순 없지만. 나는 너를 만난 지 한 달 만에 너와 함께 살고 싶다는 생각을 했다. 누군가와 함께 살고 싶다고 생각했던 건 그때가 처음이었다. 낯선 감정에 휩싸여, 나는 너에게 함께 살고 싶다고 말했다. 그리 무리한 요구는 아니었다. 너에게도 서울에서 살 수 있는 집이 필요했으니까. 너는 인천에서 부모님과 함께 살고 있었고, 공연을 올릴 때면 연습을 하는 몇 달 내내 매일 대학로에 와야만 했으니까. 연습 탓으로 소극장에서 밤을 새는 날들도 많았으니까. 그때마다 너는 우리 집에 들러 목욕을 하고 가거나, 옷을 갈아입고 가거나, 쪽잠을 자고 갔다. 나는 내 집에 너의 짐이 하나둘 늘어가는 게 좋았다. 너의 집과 내 집이 뒤섞여 있는 게 좋았다. 그리고 네가 오길 기다리는 게 좋았다. 너는 월세를 보태며 살겠다고 했다. 나는 구태여 그렇게까지 할 필요 없다고 했지만, 너는 이를 한사코 거절했다. 너와 함께 살게 되었던 첫날, 우리는 함께 창문에 문풍지를 붙였다. 그렇게 내 방은 우리의 방이 되었다.

■

작년 가을, 사진 스튜디오가 문을 닫으면서 덩달아 일을 그만둬야 하는 상황이 벌어졌기에 내게는 고정 수입이 없었다. 다른 스튜디오로 옮기는 방법도 있었지만, 일이 이렇게 된 김에 몇 년간 자유롭게 일하며 이런저런 경험을 하고 지내는 것도 좋을 것 같았다. 그런데 그건 아마 너와 함께 살아 월세 부담이 적었기 때문이었을 것이다. 그러나 너에게 다른 사람이 생겼다면 문제가 달랐다. 만약 너와 그 사람이 친구 사이가 아니라면, 네가 나와 헤어질 생각을 하고 있는 거라면, 곧 내게 이별을 통보할 예정이라면? 그런데 이렇게 월세 걱정을 하면서 헤어지지 않기를 바라고 있다니. 나는 얼마나 이기적이고 나쁜 사람인 걸까. 나는 자책하면서도 자꾸만 너를 탓하고 싶어졌다.

그에게는 적어도 두 개의 인스타그램 계정이 있는 것 같았다. 오피셜 계정과 너와 연락을 주고받는 계정. 나는 그의 일거수일투족을 알고 싶었지만 보다 사적인 일상들은 비공개 계정에 따로 있을 것이다. 그에게는 내가 알 수 없는 부분들이 있었다. 그가 영원히 공개하지 않을 바로 그 부분 말이다.

내가 알 수 있는 건, 그가 오피셜 계정을 통해 공개한 부분들뿐이었다. 그는 몇 달 전 촬영장에서 찍은 사진을 올렸다. "방송 출연은 처음이라 떨리네요. 큰 역할은 아니지만, 〈슬기로운 의사생활〉 시즌4 8화에 출연하게 되었어요. 관심 많이 가져주시고 본방사수 부탁드립니다"라는 문장과 함께. 그가 올린 사진 속에 나는 없었다. 그날 나는 그곳에 있었지만, 그날 찍은 사진 속에는 내가 없었다.

메이킹 영상을 편집했다. 영상 속에서 그는 썩 괜찮은 배우처럼 보였다. 성실하고, 열정적이고, 지적인 느낌의 배우. 내 애인과 그렇고 그런 사이일지도 모르는 사람의 영상을 편집하고 있다니. 나는 둘의 관계를 의심하면서 그에게 질투심을 느끼고 있었고, 영상 속에서 그를 완전히 제거해버리고 싶은 마음이 들었다. 마치 그가 이 드라마에 출연한 적이 없는 것처럼. 나는 당장이라도 그를 그렇게 만들어버릴 수 있었다. 나는 노트북 화면 속에 있는 그의 얼굴을 오래도록 바라보았다. 그런데 그는 왜 비공개 계정을 따로 만든 걸까.

제2막

■

드라마 출연 이후, 크고 작은 반응을 얻을 수 있었다. 기사가 나오고, 기사에 달린 댓글에는 내 연기가 인상적이었다는 말과 앞으로 더 활발한 활동을 기대한다는 이야기들이 있었다. 인스타그램 팔로워 수도 눈에 띄게 증가했다. 나를 응원해주는 팬들도 늘어났고, 종종 인스타그램으로 응원의 메시지를 받기도 했다. 오랫동안 연락이 끊어졌던 지인들로부터 안부 연락을 받기도 했고, 그중 몇몇은 내가 부럽다는 투로 이야기하기도 했지만 내 일상은 이전과 크게 다를 게 없었다. 종종 식당이나 길거리에서 나를 알아보는 사람들이 생기기도 했으나, 나는 여전히 무명배우일 뿐이었다. 나는 계속해서 오디션을 보고 불합격 통보를 받아야만 했다. 뭐 그렇다고 크게 상심하거나 낙담했던 건 아니었다. 나는 이미 아르바이트를 하며 오디션을 준비하는 걸 내 일상으로 받아들이고 있었다. 다만, 내 일상은 여전히 똑같은데 이런 나를 부러워하거나 특별하게 여기는 사람들이 부담되었을 뿐이다.

"아, 전에 드라마에서도 봤는데 아주 인상적이었어요. 언젠가 한번 만나보고 싶다고 생각했는데 여기서 이렇게 만나네." 프로듀서가 내게 말했다. 좋은 말이었지만 그런 말은 그냥 흘려듣는 게 좋았다. 프로듀서가 그렇게 말한다고 해서 오디션을 통과할 수 있는 것도 아니었으니까. 어쨌든 나는 오디션을 보고 나와, 근처 버거킹에서 혼자 끼니를 때웠다. 저녁에는 아르바이트를 가야 했다. 시간을 확인하고, 마음이 급해진 나는 허겁지겁 햄버거를 입속으로 욱여넣었다. 그때 인스타그램 알림이 울렸다. 팬에게서 온 메시지였다. "혹시 이 계정도 배우님 계정이 맞나요?"

■

내가 사용하는 인스타그램 계정은 하나뿐이었다. 나는 지금 사용하는 계정 이외에 다른 계정을 가져본 적도 없었다. 그렇지만 처음에 나는 팬이 보낸 메시지를 읽고 대수롭지 않게 생각했다. 내가 유명인은 아니었지만, 그래도 대학로에서 꽤 오랫동안 연기를 했고 또 방송에 출연한 적도 있었으니까. 나를, 또는 내 외모를 좋아하는 사람이 내 사진을 인스타그램 프로필 사진으로 사용했나 보다 했다. 나도 내가 오래도록 동경했던 배우들의 사진을 카카오톡이나 인스타그램 프로필로 사용했던 적이 있으니까. 누군가 내 얼굴을 프로필로 사용한다면, 그건 오히려 기분 좋은 일이 아닌가? 그러나 팬이 뒤이어

보낸 사진을 보고, 나는 이게 그리 간단한 문제가 아니라는 것을 알게 되었다.

■

팬이 메시지와 함께 보내준 몇 장의 캡처 사진. 그 사진은 내가 언젠가 인스타그램에 올렸던 사진들과 내가 찍은 적 없는 사진들이 마구 뒤섞여 있는 인스타그램 피드의 모습이었다. 팬의 말에 따르면, 그는 고등학생 때부터 그 계정을 팔로우하고 있었다고 했다. 처음에 그 계정을 팔로우한 이유는 아주 단순했다. 계정주가 자신이 꿈꾸는 대학교에 다니고 있었기 때문에. 그는 자신이 꿈꾸는 대학에 다니는 학생들의 일상이 궁금했을 뿐이라고 했다. 그러던 중에 드라마에서 우연히 나를 보았다고. 처음에는 자신이 오랫동안 지켜보고 있던 인스타그램 계정주가 배우로 데뷔를 한 것이라고 생각했다고. 그러나 다른 인스타그램 계정이 있는 걸 확인하고 긴가민가했다는 것이었다. 처음에는 계정이 두 개라고 생각해서 대수롭지 않게 여겼다고 했다. 그런데 점점 두 계정을 지켜볼수록, 계정주의 말투나 사용하는 어휘가 다르다는 걸 느끼게 되었다고.

"정말 열 받아요! 저 정말 용기를 내어 연락드리는 거예요. 어서 신고하고 사람들에게 알리세요."

■

배우가 되지 않았다면 어떤 사람이 되었을까. 배우를 꿈꾸지 않았다면 무엇을 꿈꾸며 살아갔을까. 내 꿈은 언제나 배우였다. 아마 부모님의 영향이 있었을 것이다. 나의 부모님은 극단에서 만나 결혼을 했고, 내가 일곱 살이 될 때까지 방송 일을 하셨다. 나는 이따금 텔레비전을 통해 부모님을 봤다. 엄마는 방송 다큐멘터리의 재연배우로 활동했고, 아빠는 교육방송 어린이 프로그램에서 '제이'라는 이름의 공룡으로 등장했다. 엄마는 텔레비전에 제이가 나오면 항상 내게 이렇게 말했다. "아빠다, 아빠." 엄마 말에 따르면, 아빠에게는 공룡으로 변신할 수 있는 능력이 있다고 했다. 나는 아빠가 공룡이 될 수 있다는 사실을 믿을 수 없었지만, 그래도 공룡이 된 아빠를 무척 자랑스럽게 여겼다. 텔레비전 속에 나오는 공룡은 매 회마다 인간과 동물 친구들을 위협하는 악당이었지만. 나는 공룡이 사실 얼마나 따뜻하고 선한 마음씨를 가지고 있는지 알고 있었다.

내 인스타그램 피드에는 지난날들을 추억할 만한 사진들이 몇 장 있었다. 그중에는 여섯 살 때 유치원에서 찍은 사진도 있었다. 종이와 솜으로 만든 갈기를 얼굴에 붙이고 있는 나. 그날은 아마 내가 인생에서 처음으로 무대에 오른 날일 것이다. 그날 나는 매사 불만이 가득한 사자를 연기했다. 그리고 또 다른 사진들. 중학생 때 연극부 친구들과 함께 찍은 사진, 고등학생 때 카메라 연기를 하는 모습이 담긴 사진, 대학교 연극영화과 동기들과 찍은 사진, 첫 공연 커튼콜 사진. 그리고 스튜디오 바닥에 누워서 자는 모습이 담긴 사진. 그 사진은 밤샘 연습을 하다가 지쳐 스튜디오에서 자고 있을 때 찍힌 사진이었다. 그 사진들은 사칭 계정에 없는 사진들이었다. 그곳에서 나는 내가 아니었다.

그의 계정은 비공개 계정이었지만, 나는 팬이 캡처해서 보내준 사진들을 통해 그가 인스타그램 피드에 올린 사진들을 볼 수 있었다. 그는 내 일상 사진들만 훔쳐갔다. 그러니까 카페나 전시회나 길거리에서 찍힌 사진들만 골라서. 몇 번 찍어 올렸던 셀카까지도. 그는 내 몸과 얼굴만을 훔쳐갔다. 그곳에는 내가 무대나 촬영장에서 찍힌 사진들, 함께 연기하는 동료들과 찍은 사진들, 커튼콜 때 찍힌 사진들이 없었다. 그 사진들이 사라진 자리에는 명문대 캠퍼스 사진이나 강의실 사진이 있었다. 한남동 주택가 사진이 있었다. 미국과 유럽에서 찍은 사진이 있었다. 호텔 조식 사진이 있었다. 나는 단 한 번도 가보지 못한 곳에 있었고, 단 한 번도 다녀본 적 없는 대학에 다니고 있었다. 나는 단 한 번도 살아본 적 없는 삶을 살고 있었다. 나는 단 한 번도 사본 적이 없는 것들도 가지고 있었다. 내게는 명품 신발이 많았다. 나는 명품 신발을 신고 뉴욕거리를 걷고 있었다. 사진 속에 있는 발과 다리. 그러니까 명품 신발을 신은 발도, 뉴욕 거리를 걷는 다리도 내 것이 아니었다. 그곳에서 내 신체는 산산조각 나 있었다.

■

나는 서울에 살면서 서울에 살지 않는다. 나는 뉴욕에 살고 있지만 뉴욕에 가본 적이 없다. 나는 출국한 적 없이 귀국한 사람이고, 귀국한 적 없이도 출국할 수 있는 사람이다. 그리고 나는 살아본 적 없는 집에서 살 수 있는 사람이다. 나는 거실 창문을 통해 남산타워를 바라보는 동시에 남산타워에서 사진을 찍을 수 있는 사람이다. 나는 입학하지 않고도 졸업할 수 있는 사람이다. 뿐만 아니라, 그림을 그려본 적 없이 그림을 잘 그릴 수 있는 사람이다. 나는 조소를 만든 적 없이 조소를 만든다. 나는 입체적이면서 동시에 평면적이다. 그래서 나는 여기에 있는 동시에 저기에 있을 수 있었다. 나는 모든 곳에 있었기 때문에 그 어느 곳에도 없었다. 그곳에서 나는 존재하지 않는 사람이었다. 존재하지 않는 사람으로 분명 존재하고 있었다.

■

곧장 사칭 계정을 신고했고, 그 계정은 곧바로 삭제되었다. 그리고 사람들에게 이 사실을 알리는 게시물을 올렸다. 밝혀진 바에 의하면, 그는 내 사진을 도용하여 타인에게 협박이나 금품 요구를 하지는 않았다. 그나마 다행이었다. 그는 단지 내 사진을 도용하여 새로운 정체성을 만들고 싶었던 것 같았는데, 나는 그의 그런 행동을 도무지 이해할 수가 없었다. 그것도 타인의 사진을 훔쳐서까지. 어쨌든 이 일은 별다른 문제를 일으키지 않고 잘 해결되었지만, 내가 느꼈던 당혹감은 사건이 끝난 이후에도 오래도록 지속되었다. 그의 인스타그램 피드, 그러니까 그가 사는 세상에서 나는 그저 껍데기로만 존재했으니까. 그곳에서 나는 내면도 없이, 기억도 없이, 애정도 없이 존재했으니까. 연기에 대한 나의 애정과 자부심은 누락된 채, 그저 외피로 존재했으니까.

■

친구들은 '액땜'이라는 말로 나를 위로했다. 야, 너 앞으로 되게 잘 되려나 보다. 유명인 사주에는 구설이나 망신살 이런 게 있다고 하잖아. 연예인은 그런 거 있으면 오히려 좋대. 네 얼굴이 좋았나 보네. 성형 안 해도 되어서 좋겠다. 나도 내 얼굴 도용당해보고 싶다. 배우는 이미지야. 이미지로 먹고사는 거야. 네 이미지가 좋았나 봐. 좋게 생각해. 나는 친구들의 말처럼, 좋게 생각하려고 노력했다. 그리고 앞으로는 그 누구에도 나를 빼앗기고 싶지 않았다.

작년에 내가 참여했던 창작극의 공연 영상이 유튜브에 게재되었다. 그 영상은 공연 마지막 날, 객석 가운데 카메라를 놓고 촬영한 영상이었다. 재생 버튼을 누르니, 무대 위에서 내가 움직이기 시작했다. 나는 객석에 앉은 사람들의 시선이 되어 나를 지켜보았다. 나는 드라마나 영화에 단역으로 출연한 적도 있었지만, 스크린 속에서 움직이는 내 모습을 본 적이 있었지만, 이렇게 무대에 선 내 모습을 본 건 처음이었다.

내가 낯설게 느껴졌다. 그 당시 나는 내가 맡은 역할을 이해하고 그 역할에 완전히 몰입해 있었는데, 내가 그 사람이 되었다고 느꼈는데, 아니 그 사람이 내가 되었다고 느꼈는데, 이렇게 내가 나를 보고 있으니, 나는 더 이상 내가 아닌 것만 같았다.

제3막

■

    나는 배역을 잃었다. 공연은 잠정 중단되었고, 대학로에 위치한 카페에서 풀타임 아르바이트를 시작했다. 그에게 인스타그램 메시지를 받은 건 그 무렵이었다. 그는 내가 출연하는 연극을 보러 온 적이 있다고 했다. 공연을 보고 크게 감명받아서 몇 번을 다시 봤으며, 그렇게 내 팬이 되었다고 했다. 그는 사진 한 장을 내게 보냈다. 나와 극단 사람들이 함께 있는 사진, 그러니까 커튼콜을 할 때 찍힌 사진이었다. 우리 연극을 기억해주는 사람도 있구나. 이렇게 나를 좋아해주는 사람도 있구나. 나는 배우로서의 사랑받는 일에 익숙하지 않았지만, 내게 처음으로 애정을 표현해준 팬에게 진심을 담아 메시지를 보내고 싶었다. "이렇게 따뜻한 마음 전해주셔서 감사해요. 다음 공연은 언제가 될지 모르겠지만, 공연을 또 올리게 되면 소식을 전할게요." 내가 할 수 있는 건 그런 형식적인 말뿐이었지만. 그에게 진심으로 고마웠다.

내 팬이래. 나는 너에게 자랑을 했다. 공연을 인상적으로 봤다는 이야기를 그런 식으로 해준 거겠지만. 기분 좋으라고 해준 이야기겠지만. 나에게는 특별하고 소중한 일이었다. 오, 정말? 좋겠네. 너는 내 말에 시답지 않게 반응했다. 아참, 나 내일 촬영 잡혔어. 너는 스튜디오 일을 그만둔 이후, 광고나 뮤직비디오 촬영 현장을 다니며 이런저런 일들을 하고 있었다. 스케줄이 불규칙해진 데다가, 밤을 새는 경우도 많아서 집에 들어오지 않은 날이 늘어났다. 더군다나 나 또한 풀타임 아르바이트를 시작했으니. 이렇게 우리가 함께 있을 수 있는 시간은 그리 많지 않았다. 예전처럼 하루 종일 붙어 있거나 끊임없이 이야기를 나누는 일도 줄어들었다. 서운하거나 그랬던 건 아니었지만. 왠지 모르게 점점 서로에게 무관심해져가는 느낌이랄까.

짧게 메시지를 주고받은 일로 끝날 줄 알았는데. 그는 내게 몇 번이고 다시 메시지를 보냈다. 그러다 보니 어느새, 나는 그와 매일 메시지를 주고받게 되었다. 누구든 연인이 아닌 사람들, 그러니까 친구나 가족, 직장 동료들, 또는 모르는 사람과 얼마든지 대화를 나눌 수 있었지만, 연락을 하고 지내는 것 자체가 문제는 아니었지만. 더군다나 그와 나는 메시지를 주고받을 뿐, 별 사이도 아니었지만. 심지어 우리는 실제로 만난 적도 없었지만. 그와 대화를 나누는 게 나를 즐겁게 했다는 것 그리고 언제부턴가 내가 그의 메시지를 기다렸다는 게 문제였다. 나도 모르는 사이, 그는 내 일상 안으로 완전히 들어와버린 것 같았다. 네가 집에 들어오지 않는 날이면, 네가 없는 방 안에서 그와 몇 시간 동안 통화를 했다.

∎

그는 사진 속에 고정되어 있었지만 내 머릿속에서 그는 항상 움직이고 있었다. 그는 잠에서 깨어나 커튼을 열었을 것이다. 방 안으로 환한 빛이 들어오겠지. 창문 밖으로 보이는 남산타워를 잠시 바라보다가 거실로 나갔을 것이다. 그게 아니라면, 그는 친구들과 함께 남산타워에 올라갔을 것이다. 그의 친구는 그를 찍기 위해 핸드폰을 들었을 것이다. 그는 카메라를 보고 웃었겠지. 그는 사진을 찍고 다시, 움직였을 것이다. 그는 항상 움직였고 움직이고 있었다. 그러나 그는 길에서 우연히 개나 고양이를 만나면 발걸음을 멈췄을 것이다. 멈춰 서서 사진을 찍었겠지. 그의 인스타그램에는 종종 개나 고양이 사진도 올라왔으니까. 그는 길에서 우연히 마주친 동물들에게 애정을 보내는 사람이었다. 그리고 좋은 독서 취향과 심미적인 감각을 가진 사람이기도 했다. 조소를 전공한 그는 자신의 작품들을 사진으로 남겨두기도 했다. 나는 조소에 대해 아는 바가 거의 없었지만 그럼에도 그가 만든 작품을 보고 감탄할 수 있었다. 사람 흉상부터 추상적인 형태의 조소까지. 그가 섬세한 감각을 가지고 있다는 걸, 나는 본능적으로 느낄 수 있었다. 그에 대한 호기심은 그에 대한 호감으로 변했고, 나는 언제부턴가 그의 인스타그램을 수시로 들여다보기 시작했다. 새로운 사진이 게시되길 기다리면서. 이미 봤던 사진을 보고 또 보고 또 봤다. 그는 사진 속에 고정되어 있었지만. 내 머릿속에서 끊임없이 움직였고, 움직이고 있었고, 움직여서 어디로든 갔다. 그는 비행기를 타고 서울에서 뉴욕으로 이동했다.

그가 뉴욕에 가 있는 한 달간은 통화를 할 수가 없었다. 메시지도 평소처럼 자주 주고받을 수 없었지만, 그래도 그는 시간이 날 때마다 내게 자신의 일상을 공유해주었다. 나는 그를 통해 볼 수 있었다. 타임스퀘어가 담긴 사진을, 센트럴파크를 산책하며 찍은 사진을, 휘트니 미술관과 메트로폴리탄 미술관에 다녀온 사진을, 카네기홀을 지나치며 찍은 사진을. 그리고 그가 지내고 있는 친척집과 그가 먹은 음식들을. 그는 친척들과 시간을 보내느라 정신이 없는 것 같았다. 그의 친척들은 뉴욕에 살고 있다고 했다. 사촌 동생들은 미국에서 태어나 한국말을 전혀 하지 못한다고. 자세한 내막은 알 수 없었지만, 그의 친척들은 미술계에서 활동하는 사람들인 것 같았다. 그는 성공한 미술가 집안에서 태어나 경제적 어려움을 느껴본 적이 없는 사람이었다. 그런 삶은 어떤 삶일까. 나는 무대 위에서 다른 사람이 되어 다른 삶을 살아본 적이 있었지만, 그와 같은 삶은 살 수 없을 것 같았다. 나는 한 번쯤 그가 되어보고 싶었지만. 절대로 그가 될 수 없을 것이다.

■

그는 사실 조소에 큰 뜻이 없다고 했다. 자기가 미술을 전공했던 이유는 부모님이 미술계에 있었기 때문이었다고. 그의 부모님은 그에게 엄청난 재능이 있다고 생각했고, 그래서 지원을 많이 해줬다고. 사실 자기는 다른 일도 많이 해보고 싶었다고. 그는 그렇게 말하고는 말끝을 흐렸다. 마치 그게 자신이 가진 불행이라는 듯이. 나는 그가 오만하다고 생각했지만, 사실 그런 그의 삶이 부럽기도 했다. 부모님에게 자신의 재능을 인정받는 삶은 어떤 삶일까. 간절히 매달리지 않아도, 애원하지 않아도, 지속적인 지원을 받으면서 계속 작업을 할 수 있는 삶은 어떤 삶일까. 재능이 있어도 창작을 할 수 없는 사람들이 있다는 걸. 애초에 시간과 돈이 없기 때문에 시작조차 할 수 없는 사람들이 있다는 걸. 시작을 했더라도 결국에는 그만둘 수밖에 없는 사람들이 있다는 걸. 그들 대부분은 재능이 없기 때문에 그만두는 것이 아니라, 작업을 지속할 수 없는 환경 속에 놓여 있기 때문에 그만둔다는 사실을 그는 알고는 있을까. 그걸 모르고 살아가는 삶은 도대체 어떤 삶인 걸까.

너 혹시 우리가 헤어지는 거 생각해본 적 있어? 불을 끄고
침대에 누웠을 때, 네가 내게 물었다. 혹시 네가 눈치를 챈 걸까.
그의 존재를 알고 있는 걸까. 나는 당황했지만 애써 아닌 척하
려고 노력했다. 아니, 생각해본 적 없는데. 왜 갑자기 그런 걸 물
어? 나는 이불을 가슴팍까지 끌어올리며 말했다. 그냥 요즘에
갑자기 그런 생각이 들었어. 우리의 미래 같은 거 말이야. 잠시
정적이 흘렀다. 지금 너는 내게 무슨 말을 하고 있는 걸까. 나는
네가 하는 말의 의미를 헤아릴 수 없었다. 그게 무슨 말이야? 나
랑 헤어지는 생각을 했다는 거야? 그리고 나는 그렇게 물으면
서 깨달았다. 너와 헤어질 생각을 해본 적이 없다는 사실을. 그
와 연락을 주고받으면서도, 그에게 어떤 감정을 느끼고 있으면
서도, 너와 헤어질 생각을 해본 적 없다는 사실을 말이다.

■

"아, 그렇죠. 맞아요." 우리가 처음 만났을 때, 네가 내게 가
장 많이 했던 말일 것이다. 그때 너는 그 어떤 이야기든 잘 들어

주었다. 내 눈을 정확히 바라보며, 내 말에 고개를 끄덕이며. 그래서일까. 나는 나를 이토록 잘 이해해주는 사람이 또 있을까 싶었다. 나와 비슷한 사람, 나와 잘 통하는 사람. 20년 넘게 다른 삶을 살아왔는데, 하는 일도 다른데, 어떻게 이렇게 하는 생각이 비슷할 수 있을까. 마음이 잘 통할 수 있을까. 그뿐만 아니라, 너는 나를 잘 이해하고 있는 것 같았다. 내면뿐만 아니라 나의 외피까지도. 너는 종종 내 사진을 찍어주었는데, 나는 그게 좋았다. 나는 네가 찍은 사진들 속에서 내가 미처 알지 못했던 내 모습을 발견할 수 있었다. 나한테 이런 표정도 있었네. 나한테 이런 모습도 있었구나. 너는 나를 있는 그대로 바라봐주었다. 그래서 나는 네 앞에서 포즈를 취할 필요가 없었다. 억지로 웃거나 거짓된 표정을 짓지 않아도 되었다. 그러나 지금은.

■

"이거 완전 사칭 계정이에요. 이거 사라 코소넨이라는 작가분의 작품들입니다. 한국에는 알려져 있지 않지만, 유럽권에서는 꽤 유명한 작가분인데. 이걸 도용하다니요." 그의 인스타그램에 의미심장한 댓글이 달렸다. 나는 재빨리 사라 코소넨의 인스타그램 계정을 찾아보았다. Sara Kosonen.[○] 사라 코소넨은 실제로 존재하는 인물이었다. 그가 만들었다는 조소 작품들은 모두 사라 코소넨의 작품들이었다. 익명의 사람이 남긴 댓글의 내용은 모두 사실이었다. 도대체 왜. 그럼 내가 지금껏 메시지를 주고받고 전화로 대화를 나눴던 사람은 도대체 누구란 말인가. 나는 그에게 이게 도대체 어떻게 된 일이냐고 메시지를 보냈다. 그는 내게 답장을 하지 않았다. 나는 몇 번이고 전화를 걸어보았지만 그는 끝내 전화를 받지 않았다.

■

얼마 후, 인스타그램 계정은 삭제되었다. 그리고 카카오톡 계정마저도. 내게 아무런 인사도 없이, 사과도 없이. 그는 한순간에 사라져버렸다. 그와의 통화 수신 기록들과 카카오톡 메시지들만이 남아 있었다. 그 기록들만이, 내가 지난 몇 달 동안 겪은 일들이 환상이 아니었다는 걸 증명해주고 있었다.

(알 수 없음)

○ 1978년 핀란드 출생. 조소와 설치미술, 사진, 작곡, 번역 등 다양한 분야에서 활동 중.

탈퇴 등의 이유로 회원 정보를 불러올 수 없습니다.

나는 지금껏 누구와 연락을 주고받았던 걸까. 그 목소리의
주인은 누구였을까. 나는 아무것도 알 수가 없었다. 그가 누구
인지, 왜 나에게 접근했는지, 왜 내게 거짓말을 했는지. 무언가
에 홀린 것만 같은 기분이 들었다. 도대체 왜, 도대체 왜. 그는
어째서 이렇게 쉽게 들켜버릴 거짓말을 했던 걸까. 내게 사기
를 치려고 했던 거라면, 어째서 몇 개월 동안 내게 사적인 이야
기들만 늘어놓았던 걸까. 정말로 그냥 단지, 다른 사람으로 살
고 싶었던 걸까.

■

비정상적인 로그인 시도가 감지되었습니다.
Web | Feb 22 06:56 PM
Seoul. Korea.
계정을 보호하려면 회원님이 맞는지 알려주세요.

내가 아닙니다.
본인입니다.

내 아이디로 접속을 시도한 사람이 있었다. 그의 시도가 성공한다면, 그는 내 정보를 훔쳐갈 것이다. 그리고 끝내 내 삶까지 훔쳐가겠지. 그래서 인스타그램은 내게 묻고 있었다. 지금여기에 있는 게 당신이 맞냐고. 지금, 여기. 나는 내가 아닌 사람 때문에 대답을 해야만 하는 입장에 놓인다. 내가 나를 증명해야 하는 순간에 놓인다. 내가 나로 사는 건, 이제 더 이상 당연한 일이 아닐지도 모른다. 그가 그로 살지 않았던 것처럼. 나는 또 다른 곳에 또 다른 나로 존재하고 있을지도 모른다. "회원님이 맞는지 알려주세요." 나는 나를 보호하기 위해 이 물음에 답을 해야 할 것이다.

■

그는 사라졌지만, 그가 내게 처음으로 보냈던 사진은 그대로 남아 있었다. 커튼콜을 할 때 찍힌 사진. 이제는 이 사진마저 그가 직접 찍은 게 맞는지 알 수 없었다. 만약 그가 직접 찍은 사진이 맞다면, 그가 정말로 나를 보러온 적이 있었다면. 그건 내게 너무도 공포스러운 일이었다. 훗날 내게 벌어질 일을 모른 채, 무대 위에서 그저 해맑게 웃고 있는 내 모습. 나는 내 모습이 낯설게 느껴졌다. 그때 나는 무대 위에서 자유로운 사람이었다. 너를 아끼고 사랑하는 사람이었다. 그러나 지금은 무대에 더 이상 오르지 않고 너에게 거짓말을 일삼는 사람이 되었다. 나는 너와 한집에 살면서, 그러니까 너와 가장 가까운 곳에서 너를 속여온 사람이었다. 어쩌다가 이렇게 되어버린 걸까. 누군가를 속이는 건, 나 자신을 속이는 일이기도 했다. 그건 나 자신에게도 상처가 되는 일이라는 걸 알게 되었다. 이제 나는 그 어느 곳에서도 존재감을 느낄 수 없었다. 나는 나를 완전히 잃어버린 것 같았다. 나는 다시 내가 되고 싶었다. 정말로, 나는 내가 되고 싶었다. 나는 내가 맡은 최초의 배역이다. 나는 내 배역을 되찾고 싶었다.

■

어머, 저 사람 그 사람 아니에요? 그라인더에 원두를 채우던 직원이 갑자기 호들갑을 떨기 시작했다. 우와, 대박. 실제로 보니까 되게 말랐다. 나는 그의 시선을 따라 창문 쪽으로, 그러니까 가게 앞 길거리가 보이는 쪽으로 고개를 돌렸다. 저 멀리, 창문 밖으로.

익숙한 얼굴이 보였다. 그 사람, 분명 그 사람이 맞았다. 오랫동안 나와 연락을 주고받았지만 나와 단 한 번도 연락을 주고받은 적 없는 사람. 한때 내가 연락을 기다렸던 사람이자 호감을 느꼈던 사람. 그가 창문 밖으로 지나가고 있었다. 나는 그를 알고 있었지만, 지금 당장 밖으로 뛰어나가 그의 이름을 부르거나 그에게 인사를 건넬 수 없을 것이다. 우리는 서로 아는 사이였지만 서로를 알고 지낸 적이 없는 사이니까. 나는 그를 알지만 그가 누군지 영원히 알지 못한다. 그를 영원히 알지 못하는 사람이 나였다. △

첨이 아닌 시간

이미상

나는 매주 수요일에 집단 상담에 참여했다. 우리 집단은 개방형으로, 하던 사람이 그만두면 대기하던 사람이 새로 들어와 구성원이 계속 바뀌었고 나는 가장 오래된 축에 속했다.

지도자는 상담심리 전문가로 지도라는 말이 무색하게 우리를 일깨우고 이끌려는 열의와 욕심이 그다지 없는 매가리 없는 사람이었다. 자신이 믿는 쪽으로 우리를 당기려는 구심력이 약해 우리는 상담자가 편하면서도 때로 돈값을 못한다는 생각에 얄밉게 느꼈다. 만일 그가 유치원 선생님이었다면 놀이 시간 내내 병원 놀이만 할 것 같았다. 환자 역할만 맡아 끝날 때까지 장난감 청진기 아래 누워 있기만 할 터였다.

그런 그에게도 따르는 상담 계파와 기풍이 있어 이따금 우리의 이야기를 가만히 듣다가 '만일 있는 그대로 믿을 수 있다면 어떻게 될까요?'라거나 '만일 있는 그대로 믿지 않을 수 있다면 어떻게 될까요?' 하고 물었다. 어떤 경우에 우리를 믿음으로 몰고 어떤 경우에 우리를 다른 가능성으로 모는 것인지 나는 끝내 알아내지 못했다. 그냥 무작위로 던진 질문이 아니었을까 싶기도 하다.

내가 집단 상담을 받게 된 까닭은 첨이 상담을 그만두었기 때문이다. 첨은 내 전前 상담자로 상담심리 전문가는 아니었다. 무자격자답게 첨은 힘은 넘치고 조심성은 부족했다. 어떤 상처든 가리지 않고 파헤쳤고 건드리지 말아야 할 곳까지 파고들었다. 첨과 대여섯 시간을 이야기하다 보면 머리가 깨질 것 같았고 토할 때도 있었다. 그러면 첨은 양푼을 가져와 내 앞에 대주고 등을 쓰다듬다 자신이 울어버리기도 했다. 그러니 내가 다른 상담자들의 시간 개념에 적응하지 못한 것은 당연하지 않을까?

첨의 변심으로 상담이 일방적으로 끝나고 난 뒤, 내가 여러 상담소를 전전할 무렵의 일이다. '전문' 상담자들은 내가 상담 시간이 끝나고도 계속 말을 하면 대놓고 한숨을 쉬었다. 자리에서 일어나 노골적으로 스트레칭을 하기도 했다. 그래도 내가 시간을 넘기자 아예 간호사를 밖에 세워뒀다. 간호사는 문에 귀를 대고 있다가 시간이 되면 노크했다. 그래도 내가 나오지 않으면 쳐들어와 수갑을 찬 채 자동차 보닛에 엎드린 용의자처럼 상담 책상에 몸을 숙이고 물건들을 이리저리 쳐가며 세차게 걸레질을 했다. 목에 건 초시계를 늘어뜨리고.

또 하나 상담자들이 못 견딘 것은 직업적 자부심과 관련이 있었다. 그때나 지금이나 나는 첨의 배신을 받아들이지 못했고 그래서 자리에 앉자마자 첨과 나와 식탁에 대해 하소연하곤 했다. 어느 날 상담자가 듣다못해 내 말을 끊고 '그건 상담이 아닙니다!' 해버렸다. 날카로운 말투에 나보다 본인이 더 놀랐는지 상담자는 말투를 급격히 누그러뜨리며 '학생과 어머님이 하신 것은 상담이 아니라'— 수다,라고 하면 바로 나갈 생각이었다—'상담 비스름한 것이죠' 하고 말했다. 상담자는 아마도 '사이비'라고 말하고 싶었을 것이다.

그들은 첨을 어떤 사람으로 상상했을까? 그들의 머릿속에서 첨은 어떤 부류였을까? 새벽까지 어린 딸에게 자기 이야기를 쏟아내는 우울한 엄마? 아이와 거실에서 시장 놀이를 하는 것처럼 부엌에 상담소를 차리고 아이를 상대로 TV에서 본 유명 심리학자를 흉내내보는 얼치기 예비 사기꾼?

첨과 나는 매일 식탁에 마주 앉아 대여섯 시간씩 상담 —

비스름한 것─을 했다. 그것을 뭐라고 부르든 어느 정도는 상담이었다고 말하고 싶은데 왜냐하면 첨과 말하고 나면 나는 안심이 되고 마음이 편해졌기 때문이다. 비록 토할 망정.

상담자들은 첨을, 모순을 볼 줄 모르는 어리석은 인간으로 봤을 것이다. 자기 딴에는 상처를 치유해보겠다고 직접 아이와 뒹굴고 애를 쓰지만 그 시도가 바로 학대라는 것은 보지 못하는─나는 계속 토했다─결국 자신이 보고 싶은 것만 보고, 하고 싶은 것만 하는 이기적인 인간으로 여겼을 테고, 다 틀린 말은 아니다.

다 맞는 말도 아니어서 내가 생각하기에 첨은 이기적인 인간이라기보다 그즈음 좀더 이기적인 구간을 지나고 있었다. 누구나 겪을 법한, 시야에 자신밖에 들어오지 않는 시간……. 하지만 누가 진실을 알겠는가. 당신은 여기서 내 말만 들을 수 있고 나도 내 말만 할 수 있을 뿐인데. 우리 상담자가 종종 말하듯 "여기서는 아무개 씨의 말이 진실"이고 저기서는 첨의 말이 진실일 텐데.

그나마 역사적 사실에 관해서는 서로 다른 견해를 가진 사람도 하나의 진실 아래 모일 수 있다. 내가 분명히 기억하기로 첨이, 첨이 된 것은 오지마을에서였다. 결코 그 전도 후도 아니었다. 정확히 오지마을에서 집으로 돌아오는 버스에서 첨은 나에게 이제부터 자신을 엄마라고 부르지 말고 첨이라고 부르라고 했다.

'尖.'

첨은 버스에서 개명을 선언하며 설리번 선생님이 헬렌 켈러에게 그랬던 것처럼 내 손에 뾰족할 첨이라는 한자를 몇 번이고 다시 썼다. 뾰족할 첨은 '큰 대'에 '작을 소'가 얹힌 형상으로 큰 것을 작게 만든다는 뜻이었다. 글자의 모양이 위로 갈수록 날카로워지면서 돌진하는 것처럼도 보이고, 눈썹을 내린 사람이 휘청대며 걷는 것처럼도 보였다. 첨은 순리대로 '小'를 먼저 쓰고 '大'를 쓰는 것이 아니라 항상 '大'를 먼저 쓰고 '小'를 썼다. 그래야 옳은 순서라는 듯이(물론, 이것은 나의 사후적 해석이다).

그날뿐 아니라 예전에도 우리는 종종 오지마을에 갔다. 그때마다 첨은 "우리 중지 모으러 갈래?" 하고 물었다. 나는 고민하는 체했지만 이미 배낭에는 애착 이불이 들어 있었다. 나는 '중지'의 뜻은 물론이거니와 첨이 오지마을에 도착해 이모들에게 안기며 지친 듯 장난스럽게 던지는 말, "형님들, 이제 그만 나를 좀 회수해 가"에 등장하는 '회수'도 무슨 뜻인지 몰랐다.

　오지마을은 이모들이 사는 마을로 산속에 있었다. 이모들은 각자의 집에서 소농을 하거나 지역 신문을 만들거나 화상으로 프랑스어 능력인증시험DELF 과외를 하며 살았다. 그들이 내 친 이모가 아니라는 사실을 나는 꽤 늦게까지 몰랐다. 나는 이러니저러니 해도 오지마을에 도착하면 이모들과 노느라 바빴고 솔직히 살았다, 싶었다. 대체로 오지마을에 오기 전까지 첨은 '상태가 좋지 않았다'. 특히 개명을 한 해에는 오지마을에 방문하기 전까지 집 밖에 거의 나가지 않았다. 몸을 일으킬 수도 없어 맨바닥에 누워 셋만 셌다. '하나둘'에 힘겹게 올라가던 팔이 '셋'에 뚝 떨어졌다. 누가 천장에서 팔을 잡아당기다가 놓친 것 같았다. 첨은 하루 종일 팔만 오르내렸고 한순간 곯아떨어졌다가 곧 깨어 우울과 지루한 싸움을 이어나갔다. 어느 날 첨은 '셋'에 바닥을 짚었고 그대로 내 손을 잡고 오지마을로 갔다.

　내가 이모들과 신나게 노는 동안—마분지 카메라, 미숫가루 죽, 엉터리 배구—첨은 계속 잤다. '맞았어.' 마침내 그 말을 했을 때도 첨은 울지 않았다.

　나는 친구들 앞에서는 아버지를 아빠라고 불렀지만("이거 우리 아빠가 사줬어") 정작 아버지에게는 아빠라고 부르지 않았다. 나는 아버지에게 맞지 않았지만 첨이 맞는 것은 몇 번 봤고 상담자마다 그때 어떤 기분이었느냐고 물었는데 솔직히 잘 모르겠다.

첨은 대학을 휴학하고 공장에서 일하다 만난 노동자 남성과 결혼했다. 말 많은 남자들에 질려 과묵한 남자에 끌리기도 했겠지만 자신을 두고 '프티부르주아'랄지 '계급적 한계'랄지 운운하는 인간들을 기죽이고 싶은 마음도 있었다. 두 사람은 동거하면서부터 자주 싸웠다.

처음 남편에게 맞았을 때 첨은 이렇게 강도가 약한데도 토끼몰이를 당할 때와 비슷한 효과를 낸다는 것이 신기했다. 태어나 사람을 한 번도 쳐본 적 없는 첨으로서는 모든 인간의 체모 바로 위 0.1밀리미터 높이에 존재하는 절대적인 경계를 그토록 쉽게 넘을 수 있다는 것이 놀라웠다. 사복 경찰이 곤봉을 내리치려는 순간 두려움을 뚫고 얼핏 솟는 어이없을 정도로 순진한 감정, 어떻게 넘을 수 있지? 이건 내 몸인데? 하는 어리둥절함을 남편에게서도 느꼈다. 그리고 서서히 그것이 어떻게 가능한지 깨달았다. 그것은 우리가 '쥐어도 될까요?' 묻지 않고 망치자루를 쥐는 것과 같았다. '잠시 누르겠습니다' 허락받지 않고 선풍기 버튼을 누르는 것과 같았다. 어떤 남편은 아내의 몸도 똑같이 생각한다. 내키는 대로 (어떤 의미로든) 손을 대도 되는 것이다.

첨은 남편을 탓하다가 점차 자신을 탓하는 편을 택했다. 남편에게 향했던 모든 화를 몰수해 자신에게 들이 부었고 남편의 폭력보다 자신의 교만함에 (그런 것이 있었다면. 있었대도) 몰두했다. 동거까지는 그럭저럭 재미도 있었지만 결혼하는 순간 첨은 자신이 만용을 부렸음을 알았다. 시간이 갈수록 자신이 남편에게 과분한 것 같았고 밑지는 결혼을 했다는 후회가 밀려왔다. 폭력을 당하고 나서는 남편의 값진 과묵에 도사린 급격히 치닫는 폭력이라는 위험을 알아보지 못한 자신을 경멸했다. 모든 것을 자신의 탓으로 돌렸고 때로 첨은 천천히 고개를 끄덕이며 이래서 내가 맞은 거군, 납득했다. '화를 자초하다.' '매를 벌다.' 이런 모욕적인 표현에서 첨은 괴이하고 삐뚤어진 안식을 얻었다. 괜찮을 것 같았지만 일어나지 못했고 셋을 셌고 팔이 떨어졌으며 그래도 오지마을에 갔다. 나는 마분지로 만든 카메라를 들고 입으로 '찰칵' 소리를 내며 마당을 뛰어다녔다. 첨과 이모가 있는 방문을 벌컥 열고 '찰칵' 외치기도 했다. 그렇게 뇌리에 박힌 기억의 사진 중 지금 떠오르는 것은 이런 것이다.

"무서웠지?"

이모가 묻는다.

"응."

첨이 대충 긍정한다. 한참 뒤,

"응." 다시 긍정한다.

"박살 났었어."

첨이 집으로 돌아오는 버스에서 머리 위 에어컨 뚜껑을 닫으며 말했다.

"미안해. 어쩔 수 없었어."

나는 이모들이 싸준 미숫가루 봉투를 안고 창밖을 봤다. 사발에 미숫가루를 가득 담고 미지근한 물을 조금 부어 빽빽한 반죽을 열심히 저으면 미숫가루죽이 된다고, 이모들이 가르쳐 줬다. 이런 질문도 던졌다. '어른이 아침을 안 차려준다고 굶어 죽는 어린이가 될 거니?' 답은 노. 나는 아침마다 미숫가루죽을 먹을 생각이었다.

"엄마 달라질 거야. 이름도 바꿀 거야."

첨이 내 손에 '大'를 쓰고 '小'를 얹었다. "이제부터 엄마를 첨이라고 불러. 봐봐. 큰 것이 작아졌어!" 나는 한 사람의 내부에서 하나의 세계가 저물고 다른 세계가 떠오르는 것을 보고 있었다. 전환이 급격하고 부자연해서 어린 눈에도 촌스럽게 보였다. 혹은 아직 어린 눈이었기에 다시 태어나고 싶은 사람이 다시 태어나기 위해서는 (스스로 다시 태어났다고 믿기 위해서는) 개명, 침례, 해맞이, 철인삼종경기 같은 격하고 촌스러운 계기가 필요하다는 것을 몰랐다. 첨은 확신하는 목소리로, 그럼으로써 스스로 믿지 못한다는 것을 드러내며, 자신의 새 이름에 대해 열띠게 설명했다.

"엄마는 어렸을 때 꿈이 뭐냐고 물으면 큰사람이라고 했어. 큰일 하는 큰사람이 되고 싶다고. 그게 뭔지도 몰랐으면서. 어쩌면 뭔지 몰라서. 스물세 살 때 엄마는 아빠와 결혼하는 것이 큰사람이 되는 길이라고 생각했어. 나를 죽이고 민중 속으로 가야 한다고 믿었어. 다시는 그렇게 살지 않을 생각이야."

"다시 보여줘."

첨이 랩을 들췄다. 문신 이모가 핸드 포크로 해준 것이었다. 엄마의 절지동물 같은 새 이름은 빨갛게 부어 있었다.

첨에게 크게 사는 것은 세상을 위해 사는 것이었고 작게 사는 것은 자신을 위해 사는 것이었다. 집으로 돌아온 첨은 심리학 도서부터 독파하기 시작했다. 지그문트 프로이트에서 시작해 카를 구스타프 융을 거쳐 빌헬름 라이히까지 갔다가 멜라니 클라인에 빠졌고 마지막에는 칼 로저스의 소박함이 옳다는 것을 받아들였다. 심리학 책들을 섭렵하기까지 그리 오래 걸리지는 않았다. 그것들은 예전에 읽었던 것들보다 쉬웠고 심장에 곧장 달라붙었다. 첨은 식탁을 우리만의 상담소로 꾸몄고 우리는 하루에 대여섯 시간씩 이야기를 나눴으며 나는 종종 양푼에 토했다.

내가 가장 좋아한 치료는 '말 분지르기'였다. 두 번째로 좋아한 '자궁 체험'과 달리 '말 분지르기'는 원래 있던 치료 기법이 아니라 첨이 만든 것으로, 말 그대로 말을 분지르는 것이었다. 주로 내가 학교에서 속상한 말을 듣고 돌아와 울면서 가방을 집어던지면 첨이 우아하게 고개를 끄덕이며 "제군, 식탁에 말을 올리시게" 하는 것으로 치료가 시작됐다. 그러면 나는 "다녀왔습니다" 하고 식탁에 말을 올렸다 ― 이렇듯 첨의 훈육 방식은 복잡하고 암시적이었다. 나는 가방만 던졌을 뿐 첨에게 인사하지 않았는데 첨은 왜 인사하지 않느냐고 나무라는 대신 살짝 고개를 끄덕여 스스로 인사를 받음으로써 내가 알아서 누락된 인사를 챙기게 했다. 아동 심리학자가 보면 기절할 일이다…….

그날 나는 민수미로부터 머리채를 뜯기고 진주 머리띠를 뺏겼다. 깔끔하고 엄마가 무서운 것으로 유명했던 그 애는 내 머리띠를 밟으며 (하마터면 끊어진 진주알에 자빠질 뻔했다) 비명에 가까운 소리를 질렀는데 엄마한테 혼날 공포심에 그랬던 것 같다. "네가 내 것 훔쳤지? 이거 내 머리띠잖아. 도둑년, 도둑년!" 내가 머리가 산발인 채 민수미의 말을 전하며 울자 첨은 그만 말하고 대신 말을 올리라고 했다. 나는 말을 식탁에 올렸다. 우리는 한동안 식탁을 내려다봤다.

"자, 자르자!"

첨이 식탁을 손날로 비장하게 그었다. 그러자 눈앞에서 말이 두 동강 났다. 첨이 손 칼질을 할 때마다 말은 여러 토막으로 잘리면서 도미노처럼 쓰러졌다. (그때 나는 말을 카스텔라로 상상했는데 첨은 무엇으로 상상했을지 궁금하다. 굳이 '말 분지르기'라고 부른 것을 보면 첨은 말을 대깍, 시원한 소리를 내며 꺾이는 분필 같은 것으로 상상하지 않았을까.)

우리는 말을 토막 내 왼쪽에는 '맞는 말'만 모으고 오른쪽에는 '무당의 말'이나 '못된 성질의 말' 같은, 버려도 좋을 '개떡 같은 말'만 모았다. 그리고 오른쪽 말은 양파 껍질을 도마에서 수챗구멍으로 밀듯 밀어버리고 왼쪽 말만 보는 연습을 했다.

"고개, 똑바로."

첨이 내 뺨을 때렸다. 나는 다시 시선을 고정했다. 첨의 이론에 따르면 모든 말에는 맞는 구석이 있다. 세상에서 가장 억울한 말에도 미량의 옳음은 있다. 사람이 괴로운 이유는 그 미량의 옳음도 인정하지 않고 자신의 잘못을 부정하며 완전무결해지고 싶어 하기 때문이다. 첨에게는 그런 심판관 같은 면이 있었다. 내가 친구의 흉을 보면 첨은 내 입술을 꼬집듯 잡고 '그럼 너는? 네 잘못은 어디에 있어? 이제 그것에 대해 말해봐' 하고 말했다. 나는 머리를 내리누르는 첨의 손힘을 목으로 버티며,

"여기, 여기를 봐! 힘들어도 봐야 해. 네 잘못을 인정해야 해. 인정하라고!"

그런데, 뭘 인정해야 하지? 난감했다. 진주 머리띠는 민수미의 것이 아니었고 나에게 머리띠를 사준 장본인인 첨도 그것을 잘 알았다. 그렇다면 민수미의 말에서 무엇이 내가 쓰리지만 받아들여야 할 '맞는 말'이었을까. 나는 무엇을 도둑질한

것일까.

상담자들은 내가 도둑질한 것이 첨의 인생이었을 거라고 말했다. "거창한 건 훔쳤다는 게 아니에요. 사람이 애가 생기면 애가 없을 때보다 원하는 걸 못하잖요. 그 인내의 크기만큼 아이가 부모에게서 삶을 도려낸다는 거죠." 그 말을 들으며 (아마 '도려낸다'는 표현 때문에) 나는 아이스크림 가게를 떠올렸다. 아이스크림 스쿱에는 고속 회전하는 원형 칼날이 달려 있었다. 나는 단단한 아이스크림을 깨부수며 푸다가 몸을 돌려 첨을 봤고 상상은 다행히 거기서 멈췄다. 어쨌든 첨의 우울증이 재발한 것을 보면 상담자의 도둑 운운이 그렇게 틀린 말은 아니었던 것 같다.

식탁에서의 마지막 날은 갑자기 찾아왔다. 그때를 생각하면 지금도 창피하다. 그날따라 유달리 열에 들떠 이야기를 쏟아내는데 첨이 손을 들었다. 나는 올 것이 왔구나, 싶었다. Q&A 시간이었다. 나는 기자의 질문을 받는 거만한 배우인 양 어디 들어나 봅시다, 하는 표정을 지었다. 그러면서도 속으로는 어떻게 질의응답 시간은 때마다 좋을까, 생각했다. 누가 나를 궁금해하고 나의 눈길을 끌고 싶어 손을 치켜드는 것이 못

견디게 좋았다. (내가 가장 부러워한 사람도 장 피아제의 세 자녀였다. 피아제는 본래 자연과학자로 알비노 참새 같은 동물을 관찰했는데 그 집요한 눈을 자신의 아이들에게 돌려 혁신적인 아동 인지발달 이론을 정립했다. 노트를 무릎에 얹은 채 아이를 파일 듯 보는 그의 뜨거운 시선을 나 역시 받고 싶었다.) 나는 턱을 치켜들고,

"거기, 짧은 머리 여성분. 오래 기다리셨네요. 질문을 수락하죠. 물론 답을 할지 말지는 제 기분에 달렸지만요. 호호."

"그만해."

"뭐라고요? 참내. 다른 분께 기회를 넘기겠어요. 저기, 베레모 쓰신 남자분?"

"그만하란 말 못 들었어? 제발 그 입 좀 다물어."

첨의 머리가 식탁으로 떨어졌다. 컵이 넘어지면서 물이 흘렀다.

"시끄러워. 누가 네 까짓것 얘기 듣고 싶어 한다고. 너는 네가 뭐라도 되는 줄 알지? 너는 아무것도 아니야. 나한테 뭣도 아니라고."

방금 전까지도 나는 첨의 파트너였다. 부엌의 말동무였다. 그러나 첨의 말 몇 마디에, 변덕에, 한순간 어린애로 전락했다.

나는 어안이 벙벙한 채로 고개 숙인 첨의 머리를 내려다봤다. 머리를 찍어버리고 싶은 충동에 팔을 세게 붙잡아야 했다. 어른이 아이를 찍어 누를 때 아이가 느끼는 모멸감. 나는 그것을 느꼈고, 식탁의 시간은 끝났다. 첨은 다시 바닥에 누워 셋을 셌고 나는 아침마다 미숫가루 죽을 먹었다. 그리고 미숫가루에 곰팡이가 필 무렵 이모들에게 전화를 걸었다.

이모들이 도시로 왔다. 이모들이 첨에게 죽을 먹이고 약을 먹였다. 첨은 몸을 꼬집으며 의아하다는 듯 "어떻게 이러지. 아무것도 느껴지지 않아" 중얼대다 다시 누웠다. 그런 첨을 끌고 이모들은 클럽에 갔다. 이모들의 오랜 친구라는 클럽 사장은 우리를 보고 "정말이야? 이 꼴? 자기들 나한테 왜 이래?" 골난 듯 말했지만 "초콜릿 맛 네스퀵" 노래를 흥얼대며 나에게 코코아를 타줬다. 군무를 추는 마른 남자들을 보며 나도 춤추고 싶었지만 자신이 없었다. 이모들은 디제이를 끈질기게 졸라 끝내 한바탕 전통춤을 췄고 첨은 테이블에 기대 춤추는 사람들을 비스듬히 볼 뿐이었다.

내 평생 그때만큼 영화를 많이 본 적도 없었다. 한번은 이런 영화도 봤다. 일본 영화였으며 주인공은 여러 인생을 정신없이 살았다. 팔레스타인으로 출국하려다 방향을 틀어 종교

단체에 들어갔고, 그러다 지하 아이돌을 따라다녔고, 그러다 미군에 입대했고, 그러다 편의점 푸딩을 쓸어 담았고, 그러다 옛 신도와 규합해 다시 산으로 들어갔고, 그러다 집에 초콜릿 포장 포일 산을 쌓고 종일 구겼다. 주인공은 세계와 자아와 감각이라는 징검다리를 건너며 끝없이 삶을 갱신했고 결국 행복해지지 못했다.

어느 날 첨이 일어나 앉았다. 이모들은 안 보는 척 첨을 세심히 살폈고 머리통이 바닥에서 얼마나 떨어지는 가로 우울의 증감을 알 수 있다고 했다. 첨이 좌식 생활로 돌아오자 이모들은 나에게 곡물도 냉장고에 넣어야 한다는 것을 가르친 뒤 "우리 삐삐, 엄마 잘 살펴. 보살피지는 말고 살피기만 해. 무슨 일 있으면 전화하고. 사랑한다" 당부하며 오지마을로 돌아갔다.

첨은 구부정하게 걷다가 일어나는 '진보의 행진March of Progress' 그림처럼 서서히 깨어났고 그대로 한강 공원을 뛰기 시작했다. 중간을 모르는 첨은 (상담자의 말에 따르면 그것은 우울과 상관없는 본래적 성격이다) 누워 있던 시간을 벌충하려는 듯 대여섯 시간씩 공원을 달렸다. 텔레비전 앞에는 빠진 발톱이 훈장처럼 놓였고 나는 식탁에서, 거실에서 마라톤 안내 책자를 보며 테이프로 장딴지를 감는 첨을 바라보았다. 첨은 식탁으로 돌아오지 않았다. 또다시 첨의 내부에서 한 시대가 끝났고 나는 첨이 버린 세계에 남겨졌다.

*

지난 회기의 여파가 다음 회기까지 이어졌다. 근 1년을 함께한 '빵'이 그동안 거짓말을 했다고 고백했다. 발달장애를 가진 아들을 둔 싱글 맘이 아니라고.

"어느 쪽이?"

누군가 울분을 터뜨리며 "하지만 우리에게 발달장애아라고 하면 안 되고 발달장애를 가진 아이라고 해야 한다고 가르쳐준 사람도 '빵'님이잖아요!" 외쳤다. 고백 이후 '빵'은 집단 상담에 오지 않았다. 그렇다고 우리가 서로를 의심하게 되지는 않았다. 확률의 문제였다. 한 집단에 그 정도로 대단한 거짓말쟁이가 두 명일 수는 없었다.

풀 길 없는 짜증이 이곳저곳을 돌아다니다 안착한 곳은 나의 '빈약한 자기 노출'이었다. 나는 그때까지도 나에 대해 제대로 고백하지 않았다. 사람들은 나를 두고 욕조에 옷을 입고 들어온 사람 같다고 했다. 집단에서 한차례 고백이 돌고, 또 한차례 돌고, 그러고도 몇 바퀴 돌아 슬슬 서로의 고백에 시들해져 새로운 환기를 바라는 눈치를 보내도 나는 버티고 입을 다물 었다. 사람들이 신경질을 숨기지 않은 채 "근데 그렇게 말도 안 할 거면 여기 왜 와요? 돈 아깝지 않아요?" 물었고 상담자마저 궁금하다는 듯 나를 향해 눈을 깜빡였다.

"아니요. 언제나 큰 도움을 받고 있습니다. 감사합니다" 나는 말했고, 그것은 사실이었다. 나는 '빵'을 생각하고 있었다. '빵'이 왜 거짓말을 했는지, 왜 '그런' 거짓말을 했는지 궁금하지 않았다. 그보다 거짓말이 가린 말이 궁금했다. 화병의 물을 갈 듯, 거짓말을 개수대에 붓고 새 말로 채운다면 어떤 말이 떠다니려나. 사실 그것도 별반 궁금하지 않았다. 어차피 그도 나와 같았을 것이다. 자신의 반은 거짓말하게 하고 반은 그런 자신을 보며 거짓말에 어른대는 다른 말을 떠올렸을 터다. 말하지 않을 때, 나는 말하지 않고 있는 바로 그 말을 보곤 했다. 빵도 그랬을 것이다. 술술 말을 지어내며 그 말이 가린 말을 보고 있었을 것이다.

"자기는 정말 속을 안 보여줘! 못됐어!"

누군가 귀엽게 핀잔했다. 익숙한 고백의 돌림노래가 이어졌다. 어떤 상담자는 나에게 자신을 드러낼수록 마음이 편해질 거라고 했다. 그렇다면 나는 이만큼 편한 것으로 족했다. 뭐랄까. 만성 불면증 환자가 공연장에서 잠드는 것과 비슷하다고 할까. 비록 음악은 듣지 못하지만 그보다 원하는 숙면을 취하는 것, 과녁을 빗겨 과녁을 맞히는 것, 그것이 내가 멀뚱멀뚱 앉아만 있으면서도 계속 상담에 나오는 이유였다. 상담자가 일어났다. 상담자가 어떤 여자를 막아서고 있었다.

"기사님, 잠깐만요. 저희가 지금 상담 중이어서요. 다음에, 다음에 오시면 안 될까요?"

지각하는 사람을 위해 열어둔 문으로 가스 검침원이 들어온 모양이었다. 가스 검침원은 상담자를 무시하고 베란다로 나갔고 상담자도 뒤따라 나갔다. 울던 사람이 울음을 그치고 우리는 두 사람을 지켜봤다. 두루마리 휴지 하나가 날아갔다.

"사모님, 정말 이러실 거예요? 저랑 베란다 정리하기로 약속하셨죠? 이러면 저희 못 들어가요. 그럼 가스 누수 확인도 못 하고요. 이러다 큰일 나면 사모님도 큰일 나고 저도 큰일 납니다. 대체 이게 몇 번째예요. 너무하십니다. 나와보세요. 아뇨, 한 분씩."

우리는 차례로 베란다로 나갔다.

"문 닫으시고요."

사람들이 눈을 감고 베란다에서 벌름거리다 돌아왔다. 나는 마지막 차례였다. 몇 사람의 주장과 달리 가스 냄새는 나지 않았다. 이제 사람들은 모두 실내에 있었다. 상담이 재개되었다. 나는 창문 너머로 등을 구부린 채 대화에 열중한 사람들을 보았다. 무슨 얘기를 저렇게 할까. 상담자가 나를 향해 손짓했다. 다들 어서 오라고 손짓했다. 순간 나는 모임 한가운데 놓인 유리 테이블을 깨버리고 싶었다. 여기도 식탁. 나는 여전히 첨이 버린 세계를 맴돌고 있었다. 식탁에서의 '대여섯 시간'을 그리워하며 이들에게, 탐욕스러운 경청의 기운을 내뿜는 이 착한 사람들에게, 오래전 첨에게 그랬던 것처럼 왕창 쏟아내지 않으려고 온 힘을 다할 뿐이었다. 나는 베란다 문을 닫고 자리에 가서 앉았고 하고 싶은 말을 상상했다.

첨이 러너runner가 된 후로 나도 첨을 따라 공원에 갔다. 나는 뛰지 않고 걸었다. 여러 바퀴를 뛰고 다시 내가 있는 곳에 나타난 첨은 "뛰어! 뛰어! 쓸데없는 생각 그만 하고! run! run!" 외치고 사라졌다.

첨은 정신의 세계에서 맨손체조의 세계로 넘어간 지 오래였다. 바닥에는 요가 매트가 깔렸고 문틀에는 철봉이 달렸다.

식탁에서 우리는 식사만 했다. 나는 멀어지는 첨을 보며 첨과 대화하기 시작했다.

머릿속에 식탁을 세우고 옛날의 첨을 끌어다 앉혔다. 우리는 예전처럼 끝없이 이야기를 나눴다. 서로의 말이 섞이고 하나가 되었다. 비참했다.

나라고 식탁의 영원함을 믿은 것은 아니었다. 내가 믿은 건 배신의 자격이었다. 배신은 자식의 특권이며, 식탁을 떠나는 사람은 나여야 했다.

그러나 어떤 부모는 영원히 젊다. 영원한 젊음이라는 죄를 짓는다. 그들은 죽을 때까지 새로 태어나며, 자식에게서 자신을 앞지를 기회를 빼앗는다. 처음에 세계를 선택하지 못한 우리가 정당하게 세계를 버리려 할 때 발밑에서 세계를 뺀다. 도대체 첨은 식탁에서 무엇을 배운 것일까? 하나같이 말하지 않았는가. 자식이 자신을 죽이려 하면, 죽이게 놔두라고. 첨이 날벌레 기둥을 뚫으며 또 한번 나를 앞질러갔다. 나는 최연소 '빈 둥지 증후군' 환자가 되었다.

여기까지가 내가 엄마가 아니었을 때의 이야기다. 아이가 아이스크림 스콥으로 내 인생을 파먹기 전, 목욕물 버리다 아이 버리듯, 하나의 세계를 버리며 그에 딸린 사람도 버리게 되지만 그것이 동시에, 불가피하게, 일어난다는 것은 모르던 시절의 이야기다. △

내러티브온   왜가리 클럽
1 소설

ⓒ김해슬·배예람·서이제·오정연·윤치규·이미상·이유리·임선우, 2021

초판 1쇄 발행 2021년 9월 13일

지은이 김해슬·배예람·서이제·오정연·윤치규·이미상·이유리·임선우

펴낸곳 ㈜안온북스 펴낸이 서효인·이정미 출판등록 2021년 1월 5일 제2021-
000003호 주소 서울시 마포구 신촌로2길 19 320호 홈페이지 www.anonbooks.net
인스타그램 @anonbooks_publishing 디자인 석윤이 제작 제이오

ISBN 979-11-975041-1-2 04810   979-11-975041-0-5 (세트)